KB110673

프랑스 수도원의 한국 스님

깨달음으로 종교의 벽을 넘다

향 적

Par l'Eveil, dépasser la barrière des religions

금시조
GLOBAL BIZ

깨달음으로 종교의 벽을 넘다

수도원 수사들에게 이 글을 드리며

　프랑스 가톨릭 수도원 생활을 체험하고 돌아온 후 그때의 소중한 체험을 기록으로 정리해《프랑스 수도원의 고행》이라는 책을 발간했다. 어느덧 세월이 흐르고 해인사 북카페를 찾는 독자들이 왜 프랑스어 책만 있고 한글 책은 없느냐는 문의가 있었다. 그래서 지인들의 응원에 힘입어 절판한《프랑스 수도원의 고행》을 개인적으로 감동스러웠던 일화와 수도원을 나온 이후 프랑스 대학에서 저널리즘 공부를 해보기 위해 어학공부 하던 시절 회상한 글을 첨부하여 교정 및 윤문하고 관련 사진들을 넣어 책을 새로 엮게 되었다. 책 제목도《프랑스 수도원의 한국 스님》으로 고쳐 다시 발간하게 되었다.

내 생애에 있어서 영원히 잊을 수 없는 체험을 할 수 있도록 배려해준 삐에르-끼-비르 수도원의 신부님과 수사님들께 어떤 식으로든 다시 감사한 마음을 표현하고 싶었고, 아직도 책을 찾으며 나를 사랑하는 이들에게 새로 엮은 책이 작은 감사의 선물이 될 것으로 여겼기 때문이다. 수도원 체험은 그만큼 나에게 있어서 새로운 세계를 하나 더 갖게 해준 고마운 경험임에 틀림없다.

프랑스 수도원 수행시기를 상기하자면 다음과 같다.

묵언수행을 해야 하는 삐에르-끼-비르 수도원의 나날은 고행이었다. 그러나 국적, 얼굴색과 말이 다른 가톨릭 성직자들과 생활하면서 종교의 본질은 궁극적으로 같다는 것을 깨달을 수 있었다. 모든 종교는 대자연과의 소통을 추구하고 대중을 위무하는 것을 목적으로 한다는 것을 알 수 있었다.

돌이켜 생각해봐도 열린 마음으로 나를 받아들인 수도원 식구들이 고마울 따름이다. 만약 중세시대라면 감히 상상도 할 수 없는 일일 것이다. 어떻게 이교도인 나를 믿고 아무런 의심이나 거리낌 없이 그리고 비밀도 없이 가톨릭 수도원의 한 형제처럼 환대해 줄 수 있겠는가? 입장을 바꾸어서 생각해 볼 때 불교가 다른 종교보다 관용과 포용성이 넓다고 하지만 해인사를 비롯하여 어느 총림에서도 가톨릭 수도원의 수사를 아무런 조건 없이 받아들이기란 쉽지 않을 것이다. 이런 생각을 하면서 그분들에 대한 은혜에 보답하기 위해서라도 수도원의 체험기를 책으로 만들어야겠다고 결심을 했다. 이런 원력에 힘을 불어넣어준 것은 쉴러의 "모든 생각은 기록을 통해 살아나며, 생각은 기록된 내용에 따라 천년이 지나도 존재할 것이다"라는 명언이었다.

수도원을 나와 프랑스 남동쪽 알프스 자락에 위치한 안시Annecy에 있는 사부아대학Université de Savoie의 어학과정에서 가톨릭 수도원의 체험기L'expérience d'un moine bouddhiste parmi les Bénédictins de La-Pierre-qui-Vire를 제출했던 자료를 보관해왔던 터라 책 출간이 가능했다. 수도원의 체험기를 정리하면서 더 확인할 것이 있어서 수도원을 떠나온 지 20년 만에 그곳을 다시 찾아갔다. 새로 선출된 원장님에게 "수도원 체험기를 책으로 발간하려고 준비하고 있다"고 했더니, "기대가 크니 책이 나오면 보내 달라"고 용기를 북돋워 주었다.

하이데거는 '언어는 존재의 집이다'라고 했다. 선의 입장에서 보면 역설적이긴 하지만, 하이데거의 말을 음미하면 이번에 내는 책으로 말미암아 내 존재의 실체를 대중 앞에 드러내는 것이라고 할 수 있다. 내 글을 대중에게 선보이는 것은 마치 나의 알몸을 보이는 것 같아서 부끄러운 마음이 든다. 하지만 젊은 날의 열정을 회상해 보고 서양문화에 대해 가졌던 호기심을 다시 정리하고 싶었다.

<조선일보>로 등단한 시인이자 불교계 언론의 거목인 정휴 스님의 발문에 다시 감사를 드린다. 그리고 필자에 대하여 과분한 칭찬을 아끼지 않으신 데는 쑥스러움을 감출 수가 없다.

책의 출판을 위해 많은 자료를 수집하여 편집과 디자인에 노력을 아끼지 않은 <금시조> 조은정 대표와 최신개정증보판 원고정리에 수고해 준 《월간 해인》 편집장 도정 스님에게 진심으로 감사를 드린다.

2019년 5월 가야산 해인사 선열당에서 향적香寂 합장

차 례

해인海印에서 삐에르-끼-비르까지
- 수도원 생활 -

프랑스 바게트와 커피맛을 알다
- 수도원 체험을 마치고 -

모네의 수련 연못
프랑스 지베르니Giverny에 있는 클로드 모네Claude Oscar Monet 집 정원의 수련연못 위의 다리

유럽 문화 체험을 위한 만행萬行

신발에는 걸어온 사람의 기록이 담겨 있다.
구두수선공이 고친 신발을 내어주면서
돈을 받지 않겠다고 했다.
나는 초콜릿 상자를 들고 구두수선공에게 향했다.
영취산에서 꽃을 들어 보인 부처님을 향해
미소 지었던 가섭처럼 구두수선공은
은은한 미소를 지으며
내가 건넨 초콜릿을 받았다.

향적 스님 프랑스 수도원 체험기

향적 스님이 1989년 12월 ~ 1990년 8월까지
약 1년동안 프랑스 삐에르-끼-비르 수도원 체험을
회고하며 묶은 글이다.

낯선 문화 속으로

프랑스와의 인연

내가 프랑스에 있는 베네딕트 파 수도원 삐에르-끼-비르 Pierre-qui-Vire와 인연을 맺은 계기는 1984년 해인사승가대학 학감 소임을 보고 있을 때였다. 호진 스님께서 소르본느 파리 제4대학교 인문학부Université paris-sorbonne, paris-IV(1257년 수도자 로베르트 소르봉 Robert de sorbon에 의해 설립)에서 원시불교에 대한 논문으로 철학박사 학위를 받고 귀국한 직후였다.

마침 해인사에서는 승가대학 학인스님들의 교양의 폭을 넓혀주기 위해 외래강사를 초빙하여 특강을 하고 있었다. 호진 스님께 특별히 《아함경》에 대한 특강을 부탁드렸는데 쾌히 승낙하시고 강의를 해주었다.

특강을 마치기 전날 저녁, 호진 스님께서 3년간 수행을 했던 프랑스의 가톨릭 수도원을 슬라이드로 보여주었다. 호진 스님은 자급자족하는 그곳의 시스템을 높게 평가하며 자세히 소개해 주었다. 수도원 운영을 신도들에게 의존하지 않고 꾸려가는 이야기가 내게는 매우 매혹적으로 들렸다. 호진 스님의 이야기를 듣고 만약 기회가 주어진다면 나도 꼭 체험해보고 싶다는 생각을 했다.

인류의 역사를 살펴보면, 동서양의 역사발전 단계가 크게 다르지 않다. 서양의 종교인 가톨릭에 대해 배울 점이 많이 있을 것이다. 언젠가 우리나라도 선진국에 진입하여 사회복지 제도가 잘 정착되면 국민들이 종교에 관심이 적어지기 때문에 불교계도 자급자족하며 수행해야 할 때가 올 것이라고 생각했었다.

1988년 내게도 프랑스를 방문할 기회가 왔다. 애초 계획은 프랑스가 아니라 미국에 가려고 했었다. 문경 봉암사 주지를 역임하고 미국 보스턴Boston 문수사에서 교민 불자 교화에 주력하고 계신 도범 스님께서 미국에 함께 가자고 제안하였다. 도범 스님은 내게 미국에 건너가서 교민 불자들을 위한 불교 신문을 창간해보자고 했다. 뜻있는 일이고 해서 조금이나마 도움이 되고 싶었다. 하지만 미국에 가는 일은 순조롭게 진행되지 않았다. 미국 비자를 받기 위해서는 서울에 있는 주한미국대사관에서 인터뷰를 해야 했기 때문이다.

당시 나는 1988년 6월 12일자 평화신문에 칼럼 <서울 속의 미국>을 기고했는데, 그 칼럼이 반미적 성향이 짙어 서울의 미대사관과 마찰이 있었고, 자존심 때문에 나는 미대사관에 인터뷰를 요청할 수 없었다.

그때 일이 순조롭게 진행되었더라면 나는 프랑스에 가지 않고, 미국으로 갔을 것이다. 그때 내가 너무 순진했던 탓도 있었겠지만, 지금 생각해보면 프랑스에서 수도원 생활을 체험하려고 일이 그렇게 되었던 것인지도 모르겠다.

세상사는 자신의 의지와 무관하게 일이 흘러가는 경우가 많은데, 돌이켜보면 내가 프랑스 유학길에 오른 것도 시절인연이었다고 할 수 있다. 그것이 1년간 가톨릭 수도원에서 생활할 수 있었던 계기다.

유레일패스로 체험한 유럽 문화

우리나라에서 올림픽이 열렸던 1988년 초여름, 유럽 여행을 하기 위해 파리로 떠났다. 태어나서 처음 가게 된 외국 여행길이라 몹시 흥분되고 가슴이 설렜다. 미국 알래스카의 앵커리지를 경유하여 파리까지 18시간이나 비행했다.

프랑스 파리에는 아침 6시경에 도착했다. 파리 시내에 미리 잡아 놓은 숙소에 도착했다. 가방을 풀지도 않았는데, "시차 극복을 위해서는 커피를 마셔야 한다"는 교민 보살의 제안에 따라 안내해준 카페에 들어갔다. 그리고 선택의 여지없이 시켜준 한 잔의 에스프레소Espresso 커피! 나는 커피잔이 작설 찻잔 크기만 하고 커피 양도 한 모금밖에 안 되어서 우습게보고 숨도 안 쉬고 한번에 마셨다. 그런데 소태처럼 쓰디쓰기만 하여서 머리가 찡하고 아프기까지 했다. 내가 태어나서 처음으로 맛본 진하고 독한 커피였다. 지금까지도 내 머릿속에 용해되지 않고 남아 있는 것 같은 쓰디쓴 첫잔의 에스프레소 커피!

그러나 이제는 프랑스하면 아침에 먹는 구수한 바게트Baguette 빵과 쓰면서도 묘한 여운이 감도는 한잔의 블랙커피un petit café noir가 떠오른다.

그 후로 3개월간 유레일패스로 기차여행을 하면서 유럽의 이런저런 문화를 체험했다. 스칸디나비아Scandinavia 삼국인 덴마크, 스웨덴, 노르웨이를 여행하고 다시 서유럽으로 가기 위하여 덴마크의 수도 코펜하겐 기차역에 도착했다. 시간도 벌고 호텔비도 절약하기 위해 독일 항구도시 키엘Kiel로 가는 야간열차의 침대칸에 탔다.

그 침대칸은 룸 하나에 6인이 사용할 수 있었고, 양쪽이 3층 침대로 되어 있었다. 내가 제일 먼저 그 침대칸에 들어가서 출발하기를 기다리고 있었는데 한 유럽인 아저씨가 들어오고 막 기차가 떠나려 할 때 금발의 팔등신 아가씨 두 명이 더 들어왔다. 나는 서툰 영어로 "국적이 어디냐", "어디로 가느냐"고 짧은 인사말을 건넨 뒤 좌측 2층 침대에 옷을 입은 채로 누웠다. 그런데 그 덴마크 아가씨들은 내 침대 맞은편 1, 2층에 누우면서 옷을 벗는데 나는 깜짝 놀라지 않을 수 없었다. 금발의 미녀 둘이 브래지어까지 벗고 작은 삼각팬티만 걸친 채 우측 침대에 누워서 왼쪽 2층 침대에 승복을 입고 누워 있는 나에게 미소 지으며 "굿 나잇Good-night"이라고 했다. 머리를 둔기로 맞은 것 같은 충격에 휩싸였다.

우리나라에서는 침대칸에 남녀를 같이 태우지도 않는데 유럽은 같은 칸에 남녀를 같이 집어넣지를 않나! 게다가 아무런 거리낌 없이 남자들 앞에서 팬티만 입고 잠을 자지 않나! 한국에 있을 때 신문을 보니 스칸디나비아 사람들은 프리섹스를 한다고 해 설마 그럴까 했다. 그런데 막상 덴마크 코펜하겐에 와서 직접 내 눈으로 두 아가씨의 대담성을 확인하면서 한국에서 들었던 이야기가 사실일 수도 있겠구나 싶었다.

트래비 분수에 던진 동전

북유럽 여행을 마치고, 이탈리아 여행을 떠나기 위해 스위스 쥬네브Genève 기차역에서 자정 넘어 출발하는 침대 기차를 탔다. 쥬네브역에서 로마로 출발하는 침대칸은 덴마크 코펜하겐 역에서 탔던 기차와 같은 6인실이었다. 침대칸에는 이탈리아 아저씨와 아주머니, 군 입대를 위해 고향을 찾아가는 청년이 탔다.

4명 모두 초면이었던 터라 겸연쩍을 만도 한데, 그들은 기차가 출발하자 마치 오래 전부터 알고 있는 사람처럼 수다를 떨어서 나는 좀처럼 잠을 청할 수 없었다. 승무원이 그들에게 주의를 줬는데도, 아랑곳없이 계속 떠들어서 나는 잠 좀 자게 해 달라고 통사정을 해야만 했다. 그들은 복도로 나가서 밤새 떠들었다. 그리고는 아침녘에는 미안했는지 커피를 한 잔 사줬다. 로마 역에 도착한 아주머니는 "본 조르노Buongiorno!"라고 친절하게 이탈리아 말로 작별 인사를 했다.

시간과 여행 경비를 절약하기 위해 야간열차를 이용해 이탈리아 로마에 왔던 터라 휴식을 취할 여유도 없었다. 여행안내 책자를 보고 로마 시내 투어를 하는 여행사를 로마 역에서 걸어서 찾아갔다.

서양문화의 메카인 로마 순례의 시작은 공화국 광장에서 출발한다. 오전 9시에 출발하는 투어버스를 타고 트래비Fontana di Trevi 분수에 도착한 일행은 기념사진을 찍고 뒤로 돌아서서 분수에 왼손으로 동전을 던졌다. 분수에 왼손으로 동전을 던져야만 로마에 다시 올 수 있다는 전설에 따른 것이다. 동전 하나가 들어가면 로마로 돌아오고, 두 번 들어가면 사랑을 이룬다는 전설이 있다. 나도 남들이 하는 대로 똑같이 따라했다. 그리고 기념품 가게에서 소품 몇 가지를 사고 본젤라또Buon Gelato 아이스크림을 먹으며 하차한 장소에 가보니 투어버스는 나를 기다려주지 않고 이미 다음 장소로 이동한 상태였다. 외국여행에서 처음 당하는 일이라 눈앞이 캄캄하고 식은땀이 흘렀다. 왜냐하면 그 버스 안에는 중요한 소지품을 담은 가방과 승복 두루마기가 있었기 때문이다.

　로마는 소매치기와 도둑들이 득실대 자칫 한눈을 팔면 어느새 소지품과 돈지갑을 날치기 당한다는 이야기를 여행객들에게 하도 많이 들었던 터라 걱정이 이만저만 아니었다. 하지만 카페에 들어가 차를 한잔 마시면서 마음을 진정시키고 침착하게 위기에 대처해 나가기로 했다. 그리하여 투어버스를 타고 이동해 온 경로를 역으로 걸어서 여행사를 찾아가기로 했다. 투어코스 두 번째가 트래비 분수였기에 걸어서 로마 시내를 구경하며 찾아가도 될 것 같았기 때문이다.

　다행히 생각보다 시간을 낭비하지 않고 쉽게 여행사를 찾아갈 수 있었다. 직원에게 서툰 영어로 자초지종을 이야기했더니 곧바로 투어버스 기사에게 무전으로 교신하였다. 그리고는 내 소지품 가방이 버스에 그대로 있으니 걱정하지 말고 오후에 시작하는 투어버스를 다시 이용하라고 티켓을 교환해 주었다.

　직원의 말을 듣는 순간 안도의 숨을 길게 내쉬며 '하늘이 무너져도 솟아날 구멍이 있다'는 속담이 떠올랐다. 그러자 편안

한 마음으로 점심 먹을 마음의 여유가 생겼다.

한국에서 가끔 즐겨먹던 피자가 생각났다. 피자의 본고장에서 파는 피자를 한번 제대로 먹어봐야겠다는 생각에 피자 전문 식당을 찾았다. 식당에 들어가 주문을 하고 기다리고 있는데 한국남자 두 명이 내게 다가와 "한국 스님이세요?"라고 물으며 아주 친절하게 인사를 했다. 그들은 로마에서 공부하는 유학생이라고 자신들을 소개했다. 결국 그들은 내가 앉아 있는 테이블에서 함께 점심식사를 하게 되었다. 그들에게 오전에 있었던 사연을 이야기했더니 참으로 불행 중 다행이라고 하면서 함께 여행사에 가서 다시 내 소지품과 투어 스케줄을 확인해 주었다.

유학생들은 로마여행을 잘하라는 작별인사를 건네며 총총히 사라졌다. 그때만 해도 한국인들이 유럽여행을 많이 안 했던 때라 여행 중에 한국 사람을 만나면 서로 반가워했다. 나를 아주 반갑게 대하며 도우려 했던 유학생들도 내가 한국인이고 더욱이 세상물정 어두운 스님이라고 생각해 무엇인가 도움을 주려는 것 같았다.

오후에 다시 시작한 로마투어 코스가 오전과 같았기에 내게 징크스 있는 트래비 분수를 다시 방문하게 되었다. 오전에 던진 동전의 효과가 빨리도 나타나는구나, 하는 생각에 웃음이 났다.

로마 시내의 문화유적을 여기저기 답사하면서 한국에 있을 때 신문과 방송, 영화 속에서 자주 접했던 원형경기장인 콜로세움Piazza dle colosseo도 볼 수 있었다. 영화 <벤허Ben Hur>의 매우 스펙터클한 전차경기 장면을 보면서 손에 땀을 쥐었던 기억이 새삼 떠올라 일명 벤허 경기장이라 불리는 치르코마시모 Circo Massimo 경기장을 둘러보는 감회가 남다르게 느껴졌다.

로마 시내의 많은 유적들 가운데 가장 장엄하고 아름다운 것은 단연 바티칸시티Vatican city에 있는 성 베드로 성당Saint Peter's Basilico이었다.

서양건축물 가운데서 예술가이자 과학자인 레오나르도 다빈치Leonardo di ser piero da vinci가 설계한 베드로 성당과 견줄 건축물은 없을 것 같았다. 베드로 성당은 교황 레오 10세가 이 지상에서 가장 장엄한 성전을 하느님께 바치기 위해 돈 많은 귀족들에게 면죄부를 팔아서 지은 건축물이었다. 하여 그 역사적 평가가 양극단을 달리고 있다. 어쨌든 베드로 성당의 건축 이후 종교혁명이 일어나게 되어 가톨릭 교세는 눈에 띠게 약화되었다. 베드로 성당은 인간 역사의 아이러니를 그대로 상징하는 것만 같았다. 베드로 성당의 역사를 통해 종교는 겸손하고 가난했을 때 더욱 빛을 발한다는 것을 새삼 실감할 수 있었다.

소렌토에서 카프리 섬으로

세계의 3대 미항 중 하나인 이태리 나폴리Napoli로 갔다. 나폴리는 기대가 커서였는지 실망도 컸다. 우선 나폴리 해변의 백사장은 우리나라 해변의 백사장처럼 고운 모래가 깔려 있는 게 아니라 자갈밭이었다. 게다가 빈병과 깡통들이 나뒹굴어 쓰레기장을 방불케 했다.

나폴리를 실망스럽게 돌아본 뒤 나는 화산폭발로 자취를 감춘 폼페이Pompei 유적지를 답사했다.

폼페이는 로마 다음으로 사치와 향락의 도시였다. 신의 저주를 받아 화산에 묻힌 도시라는 일설이 있다. 잔해를 보면 아직도 얼굴을 붉히게 하는 목욕탕의 선정적인 벽화가 그대로 남아 있어 많은 생각을 자아냈다. 영화 <폼페이 최후의 날>을 다시 떠올렸다.

이어 이탈리아 민요에 자주 등장하는 소렌토로 향했다. 그러나 소렌토Sorrento도 소문과 달리 그다지 볼 것이 없어서 카프리Capri 섬으로 발길을 돌렸다.

소렌토 항구를 출발한 배는 1시간 30분가량 지나서 카프리 항구에 도착했다. 카프리 섬에 도착해서 둘러보고 나서야 나는 이탈리아 민요 <돌아와요 소렌토로>의 의미를 알 것 같았다.

소렌토 항구는 절벽 아래 있어서 배를 타러 가기 위해서는 절벽을 대각선으로 가로질러 낸 길을 따라 내려가야만 했다. 소렌토에 사는 어부들이 물고기를 잡으면 카프리 섬에 와서 팔았다고 한다. 그런데 문제는 물고기를 팔면 어부들은 그 돈으로 카프리 섬 아가씨들과 술을 마시며 노느라 소렌토로 돌아갈 생각을 안 했다는 것이다. 소렌토 어부의 부인들이 고기잡이를 위해 출항하는 남편들에게 부르던 노래가 바로 <돌아와요 소렌토로>다. <돌아와요 소렌토로>는 사랑하는 사람을 그리워하며 돌아오기를 바라는 마음에서 <돌아와요 부산항에>와 유사하다는 생각이 들었다.

카프리 섬에 도착하여 섬을 한 바퀴 도는 유람선에 다시 승선하였다. 에메랄드 빛 지중해에 취해 있는데, 어느덧 섬 동굴에 다다랐다. 그러자 다시 요금을 낼 것을 요구하였다. 나는 "배를 타기 전 요금을 지불했는데 무슨 돈을 또 내라는 거냐"고 따지듯 물었다. 이에 관계자는 동굴 관람료는 별도로 지불해야 한다고 잘라 말했다. 수많은 관광객들이 이탈리아 사람들을 가리켜 '사기꾼'이라고 말하는 이유를 알 것 같았다. 하지만 여행을 무사히 마치려면 시키는 대로 할 수밖에 없었다.

동굴 입구에서 관계자들은 대기 중인 쪽배에 옮겨 타라고 했다. 쪽배는 승선인원이 2~3명이면 족할 크기였다. 쪽배를 타고 동굴에 들어가려고 하니 몸을 숙여야 할 정도로 입구가 작았다. 동굴 안으로 노를 저어 들어간 뱃사공이 손가락으로 물빛을 가리키면서 유심히 보라고 했다. 아닌 게 아니라 물빛이 고혹적이었다. 그 어디에서도 본 적이 없는 환상적인 빛깔을 자아내고 있었다. 비취색 같으면서도 보기에 따라서 조금씩 색이 다르게 변화되고 있었다.

물빛이 얼마나 신비롭던지 마술사도 감히 만들어 낼 수 없을 것 같았다. 고혹적인 물빛을 보고 있으려니 로마에서 겪었던 숱한 일들의 시름도 잊혀졌다. 로마에서 집시족에게 시달렸던 일, 여행 중 가방을 잃어버렸다가 우여곡절 끝에 다시 찾은 일. 카프리 섬 동굴 속의 아름답고 신비한 물빛은 숱한 고초

들을 한번에 날려 버렸다. 지금도 눈을 감으면 상상만으로도 모든 번뇌를 씻어주는 맑은 물빛이 느껴질 정도다. 아마도 카프리 섬 동굴의 물빛은 영원히 잊을 수 없을 것이다.

남이탈리아 여행을 마치고 프랑스 파리로 가기 위해 나폴리로 향했다. 그러나 불행히도 철도 파업 중이었다. 이튿날 아침 일찍 일어나 역 앞 카페에 가서 스탠드 의자에 앉아서 커피를 마셨다. 그때 갑자기 누군가 등 뒤에서 내 어깨를 때렸다. 깜짝 놀란 나는 무의식중에 오른쪽 팔꿈치를 들어 상대의 명치를 가격했다. 일종의 반사행동이었다. 장난을 걸었다가 내게 명치를 맞은 이탈리아 사내는 데굴데굴 바닥을 굴렀다. 통증이 가시자 사내는 내게 "쿵푸를 배웠느냐"고 물었다. 나는 고개를 가로저으면서 "태권도를 배웠다"고 했다. 사내는 엄지를 치켜들면서 웃음을 띠더니 내 커피값을 대신 계산해 주었다.

이 일화에서 알 수 있듯 유럽에서는 승복을 입고 다니면 중국의 쿵푸 마스터나 일본의 야쿠자로 오해받는 일이 잦다. 나도 예외는 아니어서 이런 즉발위기의 사건을 곧잘 경험했는데, 그 때마다 부처님의 가피로 위기를 모면할 수 있었다.

나는 무료한 시간을 그냥 보낼 수 없어서 기차역 여행자 안내 사무실을 찾아갔다. 사무실 남자 직원이 나를 반갑게 맞이

하면서 "스님"이냐고 물었다. 나는 "한국에서 온 스님"이라고 답했다. 그러자 그는 일본 불교의 정토종淨土宗 신자라고 자신을 소개한 뒤 "참선을 배우고 싶다"고 했다. 그리고는 사무실 문을 잠갔다. 나는 능숙하지 않은 영어로 한국 불교의 간화선에 대해 설명했다. 내 설명을 듣더니 사내는 "내일 아침에 다시 와 달라"고 부탁을 했다. 할 일도 없고 해서 이튿날 다시 기차역 사무실에 갔더니, 사내는 내게 "태권도를 할 줄 아느냐"고 물었다. 나는 군대에서 배운 태권도 시범을 보였다.

그러자 사내는 점심을 대접할 테니 점심시간에 다시 만나자고 했다. 사내의 말대로 점심시간에 다시 갔더니 자기 친구 세명을 초대한 상황이었다. 사내는 친구들에게 나를 소개하면서 '젠Zen 마스터'이자 '태권도 사범'이라고 했다. 아울러 도력이 높은 스님이라는 말도 덧붙였다. 사내의 말에 일순 친구들의 눈빛에 호기심이 어렸다. 친구들은 내게 태권도 시범을 보여 달라고 했다. 나는 군대에서 배운 태권도 동작을 절도 있게 보여줬다. 내 태권도 시범이 끝나자 사내는 친구들에게 "좋은 공부를 했으니 점심을 잘 대접하라"고 했다.

이날 일이 인연이 되어 일주일간 나폴리에서 여행자 안내소 직원의 많은 도움을 받을 수 있었다. 철도 파업이 풀려 스위스 쥬네브로 가기 위해 야간 침대열차 예매를 하러 갔는데 유레일패스로는 침대차 예매가 안 되니 다시 현찰로 지불하라 했다. 그래서 다시 여행자 안내소 직원을 찾아갔다. 유럽 다른 나라는 침대칸 요금만 내면 되는데, 이태리는 왜 그러냐고 했더니 나와 함께 동행하여 침대칸 요금만 내도록 도와주었다. 그 때만 해도 이태리는 바가지요금이 심해 그야말로 눈 뜨고도 코 베어가는 꼴이었다. 프랑스로 떠나기에 앞서 나는 사내에게 작별인사를 하러 갔다. 사내는 몹시 아쉬워하면서 포옹을 했다.

구두 수선공과 초콜릿

프랑스의 파리는 유럽의 중심지라고 할 수 있다. 그런 까닭에 시간적인 소모를 줄이고, 경제적인 낭비를 줄일 수 있는 유럽 여행을 하려면 파리를 거점으로 해야 했다. 파리에 안식처를 구할 수 있었던 것은 전적으로 마담 안나리Mme Anna Lee의 덕분이었다. 파리에서 거주한 지 오래된 마담 안나리는 여름방학을 맞아 한국으로 간 한국 유학생의 방을 소개해 주었다. 월세를 대신 지불하는 조건이었지만 마담 안나리의 배려로 나는 유럽을 여행하다가 지치면 파리의 안식처로 돌아와서 쉴 수 있었다.

그 아파트는 파리의 부자들이 사는 동네에 위치했다. 그래서 그런지 여름휴가 기간 동안에는 대부분의 아파트 창문에는 밤이 되어도 불이 켜져 있지 않았다. 여름휴가가 끝나갈 무렵이 되어서야 하나둘씩 창문에 환한 불빛이 반짝였다.

당시 프랑스의 공식적인 여름휴가 기간은 3주였다. 주말과 연차까지 활용하면 무려 한 달 동안 여름휴가를 보낼 수 있었다. 여유 선진국이란 것을 실감케 했다. 우리나라는 아직도 여름휴가 기간이 일주일 정도 밖에 되지 않으니 삶의 질이 비교되기도 하고 한편 일하기 위해서 사는 것 같다는 생각도 든다.

유럽 사람들이 하는 우스갯소리가 있다. 이태리인들은 휴가도 잘 안 가고 일만하는 독일인들한테 "일하려고 태어났냐"고 조롱하는 반면, 거꾸로 독일인들은 이태리인들에게 "놀려고 태어났냐"고 조롱한다는 것이다. 독일인들이 원체 근검절약하고 성실히 일만하니까 나온 말일 것이다.

나는 고국에서 가까운 일본이나 중국이 아닌 지구 반대편에 놓인 프랑스에서 첫 외국생활을 해야 했다. 그런 까닭에 나의 프랑스 생활은 참으로 힘들고 서툴 수밖에 없었다. 프랑스는 한자문화권이 아닌 알파벳문화권 나라였고, 유불선儒佛仙의 전통이 기둥이 되는 나라가 아닌 가톨릭과 그리스 로마신화의 문화가 기둥인 나라였던 터라 문화적 이질감 때문에 시시때때로 혼란스러울 때가 많았다. 프랑스의 인사법부터 낯설기 짝이 없었다. 프랑스인들은 남녀 간에도 조금만 친해지면 인사를 건넬 때 서로 볼을 갖다 대고 쪽쪽 입으로 소리를 내며 양쪽 볼에 두 번씩 뽀뽀로 인사를 했다. 이 인사법을 프랑스말로 비쥬bisous라 한다. 우리나라에서 이런 인사를 나눌 수 있는 사이는 연인들끼리만 가능하며, 그조차도 은밀한 장소에서나 가능한 일이다. 게다가 승려 신분인 나로서는 이 인사법이 너무나 어색하고 부끄러울 수밖에 없었다. 프랑스에서 생활하면서 나중에는 자연스럽게 받아드릴 수 있게 됐지만.

파리생활 초기에는 숙소를 찾아가는 것도 여간 힘든 게 아니었다. 차비를 아끼기 위해 대중교통을 이용하며 물어물어 숙소를 찾아갔다. 파리의 지하철은 세계에서 복잡하기로 유명하다. 게다가 당시 나는 프랑스어를 잘 몰랐던 까닭에 모든 지명들이 스펠이 길어서 기억하기조차 어려웠다. 다행히 아파트

근처에 루테치아Lutetia라는 유명한 호텔이 이정표가 되어서 그나마 다행이라면 다행이었다. 호텔 이름 뜻이 라틴어로 '진흙벌'이라 한다.

파리의 도시가 시작된 곳이 노틀담 성당cathedrale notre-Dame 주위인데 불어에서 노트르Notre는 '우리들'의 소유격이다. 그리고 마담 할 때 담Dame은 성모마리아를 지칭하기 때문에 노틀담은 '성모마리아 성당'이란 뜻이다.

노틀담 성당은 프랑스 도시마다 중심에 있는 성당 이름이다. 파리라는 도시는 시테cite 섬으로부터 시작되었다 한다. 그시테 섬이 도시로 개발되기 전에는 진흙밭이었다 한다. 시테란 뜻은 '중심지' 또는 '발상지'라는 뜻이다.

파리에 있는 아파트 숙소를 거점으로 유럽여행을 3분의 2정도 한 후 파리에서 하루에 갔다 올 수 있는 룩셈부르크 Luxembourg 공국에 관한 궁금증이 생겼다. 그래서 여행준비를 서둘러서 파리 동역Gare de l'est에 가서 룩셈부르크행 기차를 탔다. 이때만 해도 TGV 고속열차가 개통되지 않아서 일반열차를 이용했다. 파리에서 룩셈부르크까지는 287km떨어진 거리라 4시간 정도 걸린 것 같았다.

룩셈부르크 기차역에 도착하니 비가 내리고 있었다. 항상 하던 대로 관광안내소에 가서 관광명소가 표시된 지도와 안내책자를 얻었다. 그러나 대합실 밖으로 나와 몇 발자국을 걸으니 신발바닥에 구멍이 나 빗물이 들어와서 도저히 걸을 수가 없었다. 한국에서 여행을 떠나면서 새로 사 신은 랜드로바 신발인데 교통비를 아끼기 위해 많이 걸어 다녔더니 3개월 만에 바닥에 구멍이 뚫렸던 것이다. 마침 역 부근에 구두수선가게가 있어 그나마 다행이었다. 신발을 수선해 달라고 하니 임시로 신을 신발을 빌려주면서 한 시간 후에 찾으러 오라고 했다. 구두수선가게에서 가까운 까페에 가서 에스프레소 커피 한잔을 시켜놓고 유럽여행비를 보태준 한국의 도반들과 신도들에게 기념엽서를 몇 장 쓰고 나니 한 시간이 훌쩍 지났다. 다시 신발을 찾으러 가니 구두수선공이 고친 신발을 내어 주면서 돈을 받지 않겠다고 한다. 돈을 다시 주려고 해도 구두수선공은 손사래를 쳤다.

　한국의 승복을 알아보고 그런 것인지 아니면 얼마나 돈이 없으면 신발을 수선해서 신을까 하는 동정심인지 알 수 없었다. 이런저런 생각을 하다가 감사한 마음은 전해야 할 것 같아서 초콜릿 가게에 가서 작은 상자에 여러 가지 초콜릿을 담았다. 그리고 "선물을 할 것이니 예쁘게 포장해 달라"고 주인에게 부탁했다. 초콜릿 상자를 들고 나는 구두수선공에게 향했다. 구두수선공은 얼굴에 은은한 미소를 지으면서 내가 건넨 초콜릿을 받았다. 아무리 생각해봐도 나는 구두수선공이 고마웠다. 이역만리 외국에서 생면부지인 서양사람에게 그런 호의를 받으리라고는 꿈에도 생각지 못한 일이었으니까. 나는 연신 합장하면서 허리를 굽혀 구두수선공에게 "고맙다Thank you"는 말을 건넸다.

룩셈부르크 여행을 마치고 파리로 돌아오는 기차 안에서도 나는 그 구두수선공이 나에게 베푼 선의를 생각했다. 전생의 지중한 인연이 아니고서야 어찌 그런 일이 있겠는가! 내가 유럽여행에서의 좋은 추억 가운데 죽을 때까지 잊지 못할 추억이다. 다시 그 구두수선가게를 찾아가보고 싶지만 세월이 너무나 많이 흘러 그때의 청년은 이제 백발의 할아버지로 있을지 아니면 직업이 바뀌어 떠났을지도 모르겠다. 나도 이젠 나이가 많이 들었으니까 말이다.

돌이켜 그 구두수선공을 생각해 보면, 구두수선공 주변에 놓여 있던 구두들이 떠오른다. 구두코가 반짝반짝 빛나는 화려한 구두도 있었지만 낡고 헤진 구두들도 있었다. 헤진 구두들은 빈센트 반 고흐Vincent Willem van Gogh(1853.3.30~1890.7.29)의 '낡은 구두'를 떠올리게 했다. 화려한 구두든, 낡은 구두든 그 주인의 이력이 그대로 깃든 것이리라. 이력履歷의 사전적 의미는 '신발이 겪은 일'이다. 이력의 뜻에서 알 수 있듯 신발은 한 개인의 삶을 상징하기도 한다.

그리스 로마에는 '모노산달로스Monosandalos' 즉, '외짝 신 사나이'로 불린 이아손의 이야기와 아버지에게서 신표信標로 가죽신을 받은 테세우스의 이야기가 나온다. 이 이야기들은 잃어버린 신발을 찾는 것이 영웅의 운명을 개척하는 길임을 일깨워 준다.

바로 달마대사達磨大師의 이야기다. 달마대사는 중국의 소림사에서 9년 동안 면벽面壁하며 제자들을 가르치다가 528년 열반한 것으로 기록돼 있다. 제자들은 달마대사를 양지바른 곳에 묻었다. 그런데 달마대사가 세상을 떠난 지 3년 후 인도의 월씨국을 다녀온 사신이 달마대사를 봤다고 주장했다. 송운이라는 중국 사신은 "월씨국을 다녀오는 길에 대사를 뵈었는데, 대사는 신발 한 짝만을 들고 조국인 향지국으로 가셨다"고 회고했다.

송운의 말을 듣고서 황제는 웅이산에 있는 달마대사의 무덤을 파보았다. 무덤에는 신발 한 짝만 남아 있었다. 따지자면, 달마대사도 모노산달로스인 것이다. 그런가 하면, 부처님은 출가하면서 물소가죽으로 만들어 금장식 은장식을 한 신발을 벗어던지고 맨발이 되었다.

신발은 그 사람이 걸어온 길의 기록이 담겨 있다. 그러한 신발을 수선한다는 것은 어찌 보면 이 세상의 어떠한 공덕보다도 값진 일일 것이다. 다시 한번 이름도 모르는 구두수선공에게 두 손 모아 합장하며 감사의 마음을 전할 따름이다.

밀밭을 지나가는 바람소리

유럽으로 떠나기 전 나는 동국대 인도철학과 교수인 법경 스님을 찾아가 프랑스 가톨릭 수도원에서 수행해보고 싶다고 속내를 털어놨다. 법경 스님은 내가 가려고 한 삐에르-끼-비르 수도원에서 호진 스님과 3년간 수도를 함께 하고 파리에 있는 소르본느 대학에서 박사 학위를 받았기에 그 누구보다도 프랑스 사정을 잘 알 것 같아서였다. 내 얘기를 듣고 법경 스님은 수도원 다마즈Damase 원장에게 전할 추천서를 흔쾌히 써 주었다.

수도원을 사전 답사하는 과정에서는 유학생의 안내를 받았다. 그 학생은 수도원 인근에 위치한 디종Dijon이란 도시에서 10년 넘게 불문학을 전공하고 있었다.

디종이란 도시는 프랑스 역사와 문화에 있어서 중요한 도시라서 잠시 소개하고 넘어가려고 한다. 디종은 프랑스 중부의 도시로 브루곤뉴Bourgogne 프랑슈 콩떼Franche-Comté 지방 코트 드르쥬Cote d'Azur의 주도이다. 옛 브르곤뉴 공국公國의 수도였다. 또한 머스터드Mustard Sauce(겨자소스) 생산지로 유명하다. 그리고 버건디 붉은 포도주로도 유명하다.

세계적으로 유명한 가장 비싼 포도주의 여왕이라는 '호마네 꽁띠Domaine de la Romanee Conti' 생산지다. 디종은 13세~15세기에 유럽 최고의 영주로 까뻬Capétiens 왕조에 이르러 독자적인 영주령을 확보한, 브르곤뉴 공작의 성이 있었다.

브르곤뉴의 필립Philippe 공작은 15세기 영국과의 100년 전쟁 때 프랑스 황태자 샤를르 7세charles VII(1403 - 1461) 왕위 계승을 반대하고, 영국과 동맹을 맺어 프랑스를 위협하던 배신자로서 꽁삐에뉴 성Château de Compiègne에서 쟌다르크Jeanne d'Arc를 체포하여 영국군에게 몸값을 받고 넘겨주었다.

다시 그 유학생과의 인연을 이야기 하자면 대구 은적사 회보 편집장의 소개로 알게 되었다. 그 학생은 바쁜 와중에도 세심하게 안내해 주었다. 박사논문을 작성하고 있는 중이어서 시간이 없는데도 만사를 제치고 자가용으로 수도원까지 안내해 주었다. 학생은 아주 절실한 가톨릭 신자였기 때문에 스님이 가톨릭 수도원 생활을 체험한다는 것에 많은 공감을 하고 더 친절하게 대해 준 것 같다.

자동차를 타고 가면서 차창 너머 보이는 프랑스의 전형적인 농촌 풍경은 한국에 있을 때 인상파印象派.Impressionist 그림에서 보았던 것을 실감케 했다. 나지막한 야산 비탈에 질서정연하게 서 있는 포도나무 동산은 그대로 살아있는 예술작품이었다.

끝없이 펼쳐진 벌판에 이름 모를 수많은 꽃들이 초원에 수를 놓고 있었다. 특히 붉은색 양귀비꽃이 가끔씩 군락을 이루며 피어있는 들판은 그대로 인상파 화가 모네Claude Monet (1840~1926)의 그림이었다.

이와 같이 프랑스의 시골풍경에 취해 시간 가는 줄 모르고 한 시간 정도 달리다보니, 삐에르-끼-비르 수도원이 있는 쌩레제 보방St Lèger Vauban 마을을 통과하였다. 마을을 조금 벗어나는가 싶더니 바로 숲속길로 들어서고 있었다. 하늘을 가린 원시림은 마치 해인사가 자리잡고 있는 가야산 홍류동 계곡

황금빛 밀밭

스위스 여행중 시골 화가 집에 잠시 쉬어가는
날 저녁을 먹고 낙조가 떨어지는 황금빛 밀밭
을 거닐며.

의 송림의 바다를 연상시켰다. 숲이 울창하고 아름답다 싶더니 아니나 다를까 도립공원 지역이었다. 우리나라 명산에 명찰과 고승이 있는 것처럼 프랑스도 아름다운 숲속에 수도원이 위치했다. 자연환경이 좋은 곳에 성자들이 살고, 그 숲속에서 인류를 구원할 성자가 나온다는 생각을 하니 수행공간으로 산과 숲이 울창한 곳을 찾는 것은 동서양의 수도자들이 다르지 않다는 생각이 들었다. 그래서 부처님께서는 수행자들이 사는 도량은 세속인들이 사는 마을과 가깝지도 멀지도 않은 곳을 선택하도록 하고 그러한 수행공간을 적정처寂靜處라고 했다.

숲속으로 4km정도 들어가니 갑자기 파아란 하늘이 보이면서 뾰족뾰족한 지붕의 수도원 건물이 보였다. 수도원에 들어가 객실 책임자에게 원장을 면회하러 왔다고 하니 잠시 기다리라고 한다. 난생 처음 적요가 흐르는 서양 수도원에서 중세 시대의 수도원 분위기를 상상하고 있는데 다마즈 원장이 우리가 기다리고 있는 접견실로 나왔다.

원장에게 법경 스님이 써준 추천서를 전했더니 읽어보고 법경 스님과 호진 스님에 대한 안부를 물었다.

원장은 법경 스님과 같은 작업실에서 3년간 함께 일했다고 한다. 그러니 정이 많이 들었을 만도 하다. 법경 스님의 글을 보고 무척 반가워하는 표정이었다. 나는 앞으로 함께 생활하게 될 원장을 유심히 바라보았다. 첫인상이 동양인 같으면서도 마음씨 착한 이웃집 아저씨처럼 소탈해 보였다. 나는 빨리 수도원에 들어가고 싶다는 생각이 들었다.

나를 안내한 유학생과 원장이 하나도 알아듣지 못하는 프랑스어로 대화를 나누는 동안 나는 눈만 깜박이고 고개만 끄덕였다. 내가 지루해하고 있다는 것을 눈치 챈 원장은 나에게 "곧 다시 만나자"고 인사를 했다. 나도 빨리 다시 만나고 싶다는 뜻으로 눈인사를 했다.

다시 디종으로 돌아올 때는 태양이 대지를 물들이며 서쪽 하늘로 서서히 기울고 있었다. 수도원을 찾아 갈 때는 밀밭을 무심코 지나쳤는데 돌아올 때 보니 끝없이 펼쳐진 밀밭이 저녁 노을빛을 받아 황금빛으로 변해 있었다. 한국에 있을 때는 이해하지 못한 《어린왕자》에 나오는 여우와 어린왕자의 대화 중에 다음과 같은 내용을 이해 할 수 있었다.

"저기 밀밭이 보이지? 난 빵을 먹지 않아. 밀은 나한테 아무 소용이 없어. 밀밭을 보아도 머리에 떠오른 게 아무것도 없거든. 그건 서글픈 일이지! 하지만 너는 금빛 머리카락을 가졌어.

그러니 네가 나를 길들인다면 멋질 거야! 금빛으로 무르익은 밀을 보면 네 생각이 날 테니까. 그럼 난 밀밭을 지나는 바람소리도 사랑하게 될 거야……"

문학작품을 이해하려면 그 작품의 배경이 된 나라에 가서 문화적 체험을 해야만 한다는 것을 깨달았다. 그러자 수도원을 안내해준 유학생이 왜 프랑스에 유학 와서 10년 넘게 고생하며 프랑스 문학을 공부하고 있는지 알 것 같았다.

불교를 마음수양으로만 보는 유럽인

수도원에 들어가려니 언어가 문제였다. 영어를 아주 능통하게 구사하면 되는데 그것도 아니라서 프랑스어를 배워야 했다. 마땅한 거처 없이 파리나 디종에서 프랑스어를 공부하는 것은 경제적으로 무리였다. 나는 스위스의 쥬네브Genève로 가기로 결심했다.

쥬네브를 소개하면 영어식 발음으로는 제네바라고 불린다. 유엔이 최초로 결성된 국제도시이며 미국 뉴욕에 유엔본부를 새로 짓기 전까지는 유엔회의를 쥬네브에서 개최했다. 그런 까닭에 쥬네브 시민들은 유엔본부의 큰집은 쥬네브에 있고, 작은집이 미국 뉴욕에 있다고 한다. 지금도 초기의 유엔본부 건물이 현존하며 유엔본부의 기능도 여전히 지속된다고 한다. 그 외에 국제적십자사 본부를 비롯하여 국제기구의 본부건물들이 15개 정도 있다.

국제회의 기구의 본부사무실이 쥬네브에 집중되어 있을 수 있는 것은 스위스가 영세중립국이기 때문이다. 스위스는 지리적으로도 유럽의 중심에 위치해 있다. 쥬네브는 국제도시로 발전 할 수 있는 여러 가지 조건들을 갖추고 있는 곳이다. 특히 알프스 산맥이 에워싸고 있어 풍광이 아름다우며, 유럽에서 제일 큰 레만 호수Lac Lèman를 끼고 도시가 형성되어 있다.

바다와 같이 넓은 레만 호수에 만년설을 이고 있는 알프스의 영봉들이 그림자를 드리우면 마치 한 폭의 그림처럼 아름답기 그지없다. 나는 가끔 외국생활의 고달픔으로 고국에 대한 그리움이 일면 레만 호수를 산책하면서 물고기와 물새들에게 먹다 남은 빵 부스러기를 주며 마음을 달랬다. 때로는 요트가 즐비한 선착장을 배회하거나 어떤 요트가 더 멋있는지 비교하면서 구경했다. 당시 우리나라 사람들은 언제 마이카my car 시대가 오나 하고 기다리던 때다.

스위스는 유럽에서 제일 잘 사는 나라답게 세계의 명차란 명차는 다 들어와 도로를 질주하고 있었다. 자동차를 생산하지 못하는 나라에서 말이다. 좀 여유 있는 사람들은 요트를 한 척씩 소유하고 있었다. 여름 한철의 주말이나 바캉스 때 사용하기 위해서다. 그러기 위해서 1년 내내 선착장에 정박시켜 놓고 비싼 요금을 지불하고 있었다. 때문에 스위스에서는 요트를 가지고 있는 것이 부의 척도라고 한다.

중동의 사막에서 물과 호수를 동경하며 생활하던 아랍의 재벌들이 쥬네브에 많이 모여 살고 있다. 왜냐하면 레만 호수의 아름다움이 세계적이고, 검은 돈을 은행에 예금해도 비밀을 보장해 주기 때문이다. 이런 이유로 스위스의 양심 있는 대학생들은 은행에서 부정한 돈을 받아주지 말라고 데모를 한다.

아랍의 부호들이 레만 호수 주변에 호화별장을 짓기 시작하면서 호수 주위의 부동산 가격이 계속 오르고 있어 스위스 정부가 고심 끝에 아랍인들에게 부동산을 매매할 수 없도록 법으로 규제하고 있다.

스위스의 쥬네브에 송광사 분원인 불승사가 있었다. 이 사찰은 내가 떠나온 직후 없어졌다고 한다. 스위스는 충청도 정도 크기의 작은 나라지만, 프랑스어, 독일어, 이탈리아어, 로만어를 사용한다. 국민들이 의사소통에 불편 없이 네 개의 언어를 사용한다는 게 이상할 정도였다.

쥬네브는 프랑스 국경과 접하고 있어 프랑스어를 사용하는 도시이다. 절에 머물면서 프랑스어를 배우면 체류비를 상당히 절약할 수 있었으므로 불승사에 머물기로 결정했다. 3개월 정도 불승사에 있으면서 프랑스어 학원에 등록하여 어학 공부를 시작했다. 돌이켜보면, 의욕이 앞서 현실을 감안하지 않은 행동의 연속이었다. 마치 '계란으로 바위치기'식이었다. 프랑스어 알파벳도 익히지 않은 상태였지만, 배움에는 부끄러움이 있을 수 없기에 열심히 공부했다. 저녁 예불 때 불승사에 참선하러 나오는 여든 살에 가까운 스위스 할머니들은 나에게 훌륭한 프랑스어 선생님이었다. 나는 분주히 할머니들을 좇아다니며 말을 걸었다.

한번은 크리스마스를 앞두고 어느 할머니의 집에 초대를 받아 간 일이 있었다. 열심히 참선하러 나오기에 그 할머니들이 모두 불교 신자인 줄 알았는데 아니었다. 그녀는 불교를 좋아하고 참선 수행으로 마음을 다스렸지만, 기독교 신앙을 버린 것이 아니었다. 저녁예불 시간에 참선하러 나와서 부처님께

절하는 것을 강요하면 참선하러 나오지 않겠다고 했기 때문이다. 절을 하지 않아도 된다고 했더니 참선만 하러 나왔다. 지금도 한국 불교계의 일부 스님과 신자들 가운데는 서양 사람들이 불교에 많은 관심을 가지고 있기 때문에 서양인들이 불교 신자로 개종하는 것으로 알고 있지만 반드시 그런 것은 아니다. 그들에게 불교는 종교라기보다는 마음을 수양하는 공부에 가깝다.

크리스마스 휴일에 굶다

크리스마스 연휴기간 가게와 식당문을 닫는 것을 몰라서 미리 빵과 우유 과일 등을 사놓지 못했다. 그리하여 3일간 물만 마시고 버텨야했다. 송광사 분원 불승사에 나오는 신도들도 다 휴가를 떠났기 때문이다. 그때 춥고 배고픔을 프랑스어 단어를 익히고 공부하는 것으로 달랬다. 불승사가 시내 상가건물의 5층에 전세 들어 있어서 대로변에 오고가는 사람들과 자동차들을 구경하는 것으로 외로움을 달래기도 했다. 가끔 인도를 오고가는 사람들 중에 은행 앞에 설치된 현금인출기에서 신용카드를 넣고 현금을 꺼내는 것을 보면 무슨 요술박스 같기만 했다. 80년대까지 우리나라는 현금인출기가 없었기 때문에 내게는 마냥 신기하기만 했던 것이다. 하지만 나는 신용카드를 은행에서 만들 수도 없었다. 연휴가 끝나 슈퍼마켓에 가서 그동안 먹지 못해 굶주린 배를 채우기 위해서 이것저것 먹을 것을 사면서 비타민C 섭취를 위해 오렌지를 한 꾸러미 샀다. 그런데 절에 돌아와 바로 오렌지를 먹으려고 칼로 반을 잘랐는데 노란색이 아니고 붉은색이었다. 나는 오랜지가 상한 줄 알고 다시 슈퍼마켓에 가서 환불을 요구했다. 그랬더니 점원이 바로 환불해줬다.

나중에 알고 보니 자몽을 오렌지로 알고 사온 내 실수였다. 그런 사실을 알고서 얼마나 창피하고 부끄러웠는지 모른다. 한 유학생에게 "처음에 유학을 와서 프랑스어를 잘 모를 때 슈퍼마켓에서 고양이밥이나 개밥을 사먹었다"는 소리를 들은 적이 있다. 그 말을 들을 때는 그저 어이없기만 했다. 그런데 다시 생각해보면 자몽을 오렌지로 알고 산 나도 그 유학생과 크게 다르지 않았다. 그런 까닭에 1988년 스위스 쥬네브에서 보낸 크리스마스의 추억은 내게 특별하다. "그 연휴 때 기차역 식당에 가서 음식을 사먹을 생각을 못했을까?"

숭산崇山 스님에게 배운 '세계일화世界一花'

하루는 불승사 저녁예불 시간마다 참선하러 나오는 스위스 할머니가 한국의 숭산 큰 스님이 쥬네브 대학université de Genève에서 '한국 불교의 선'에 대한 특강을 한다고 함께 가자고 했다. 먼 이국땅에서 평소 존경해마지 않던 숭산 큰 스님을 친견한다는 것이 얼마나 기쁜 일인가 싶어 선뜻 특강 장소로 향했다.

숭산 스님께서는 '선이란 무엇인가?'란 주제를 가지고 영어로 강의를 했다. 이를 다시 쥬네브 대학 영문과 여학생이 프랑스어로 통역을 했다. 숭산 스님이 중국 선사의 일화를 들어 선문답의 의미를 설명할 때는 청중들이 박장대소를 하기도 했다. 선의 진미를 설명하면서 숭산 스님은 중국 선사들이 그랬던 것처럼 '뜰 앞의 잣나무'나 '똥막대기'와 같다고 비유했던 것이다. 문화가 전혀 다른 청중들을 압도하는 숭산 스님의 강의를 들으면서 불법으로 세계일화世界一花를 실현하고 있는 스님의 모습이 그저 존경스러울 따름이었다.

스님의 강의가 끝나고 곧바로 스님을 수행하는 미국 국적의 한국인 보살이 강단에 섰다. 그 보살은 '에너지 법사'라고 불렸는데, 그녀의 강의 주제는 '인간의 기氣'였다. 그러나 강의 내용은 불교라기보다는 신비주의나 샤머니즘에 가까워 미간을 찡그리지 않을 수 없었다. 게다가 에너지 법사는 강의 중간에 기이한 동작을 연출한 뒤 청중들에게 따라하라고 했다. 물론 나는 따라하지 않았다. 에너지 법사의 강의가 끝나자 청중들이 박수를 쳤다. 하지만 나는 박수도 치지 않았다.

이날의 내 행동은 오래지 않아 곧바로 인과로 돌아왔다. 큰 스님의 법문이 끝나고 찾아가 인사를 드렸더니 아주 반가워하면서 "내일 점심을 스위스 부호인 신도가 초청했으니 함께 가자"고 했다.

이튿날 큰 스님과 만나기로 한 장소로 나가 보니, "외국에서 공부하느라고 얼마나 고생이 많으냐"며 선뜻 100달러를 주셨다. 나도 모르게 명치끝이 아릿해지더니 금세 눈물이 났다. 당시 내 형편에 100달러가 매우 큰돈이기도 했거니와, 타국에서 고생하는 나를 위로해주시는 큰 스님의 마음이 한량없이 크게 느껴졌던 것이다.

큰 스님을 모시고 예정대로 점심을 먹으러 갔더니 에너지 보살이 먼저 와서 기다리고 있다가 나에게 식사 자리에서 빠져 줄 것을 요구했다. 에너지 보살은 내가 강연장에서 자신을 무시하는 태도로 앉아 있었다는 것을 기억하는 눈치였다. 스위스는 물가가 살인적으로 높았으므로 나는 제대로 끼니를 챙길 수 없었기 때문에 내심 큰 스님 덕분에 오랜만에 제대로 된 식사를 하겠구나, 하는 기대를 가졌다. 그러나 에너지 보살에게 박수를 치지 않은 과보로 이런 기대는 한순간에 물거품이 되어 버렸다.

비록 숭산 큰 스님과의 식사는 무산이 됐지만, 숭산 스님에게서 배운 세계일화의 가르침만은 오롯하게 내 가슴에 새길 수 있었다.

스위스 쥬네브에 머물며 유럽 문화와 유럽인들의 사고를 조금씩 이해하면서 적응해 갈 무렵, 한국으로 다시 돌아와야만 했다. 건강이 너무 안 좋아졌던 탓도 있었지만, 스위스에서는 프랑스 비자를 받을 수가 없었다. 1988년 당시만 해도 프랑스 체류비자나 유학비자 받기가 참으로 힘들었다. 제3국에서는 비자를 신청할 수가 없기 때문에 다시 우리나라로 돌아올 수밖에 없었다. 가지고 있는 비행기표가 파리공항에서 출발하는 것이어서 프랑스 비자가 필요했는데, 마침 스위스 할머니가 신분보증을 해주어 프랑스 통과 비자를 받을 수 있었다.

잊지 못할 초여름 냉면 맛

한국에 돌아와 유학 비자를 받기 위해 프랑스 대사관을 방문했다. 대사관 여직원이 몹시 반기면서 친절하게 대해 주었는데, 당시에는 프랑스로 유학 가는 사람이 많지도 않았던 데다가 매우 드물게도 내 신분이 스님이었으니 더욱 환대했을 것이다.

한국에서 보낸 3개월은 그야말로 운기조식運氣調息이라고 할까. 잘 먹으면서 체력을 키우고, 유학생활에 필요한 물건들을 준비하느라 몹시 바쁜 일정을 보냈다.

부처님오신날 행사를 마친 1989년 5월 26일 프랑스행 비행기표를 예매했다. 또한 10년은 넘게 유학생활을 할 것처럼 이것저것 꼼꼼하게 챙기며 유학 준비를 했다.

첫 번째 출국이 여행을 위한 것이었다면, 두 번째 프랑스행은 본격적인 유학을 위한 출국이었다. 그래서 그랬을까. 처음 떠날 때처럼 흥분이나 설렘 같은 것은 전혀 없었고 어쩐지 우울하기까지 했다. 당시 전등사 주지였으며, 제일 가까운 도반인 장윤 스님과 전등사 신도회장까지 배웅을 나와 주었다.

출국수속을 마치고 나니 비로소 오랫동안 한국을 떠나 있어야 한다는 게 실감이 났다. 장윤 스님이 점심으로 무엇을 먹을 거냐고 물었다. 프랑스에 가면 먹고 싶어도 먹을 수 없는 것이 냉면 같아서 냉면을 먹자고 했다. 오랫동안 다시는 먹을 수 없다고 생각해서 그런지 그때 먹었던 초여름 냉면 맛이 잊히지 않는다. '고향 말은 잊어도 고향 맛은 잊지 못한다'는 말이 실감이 날 정도였다. 냉면을 아주 맛있게 먹고 나서 배웅 나온 분들과 먼 이별의 악수를 나누며 아쉬움을 뒤로 한 채 프랑스 파리행 비행기에 몸을 실었다.

프랑스 풍속을 알게 된 브장송

프랑스어 공부를 위해서 선택한 곳은 파리가 아닌 지방이었다. 프랑스의 동쪽, 스위스와 국경을 마주하며 쥐라산맥을 끼고 있는 프랑슈 콩테Franche-Comté 지방의 주도인 브장송Besançon으로 갔다.

브장송은 12세기에 신성로마제국의 직할령이 되고, 17세기에는 에스파냐에 점령되었다가, 루이 14세 때인 1674년 프랑스에 병합되어 프랑슈 콩테 주의 수도가 되었다. 브장송은 세계적인 대문호 '빅토르 위고Victor-Marie Hugo'가 태어난 곳이기도 하다.

로마시대 유적이 아직까지 남아있는 곳으로 오랜 역사에 걸 맞게 시내에 오래된 집들이 많은 도시였다. 이곳은 부르곤뉴 와인의 주요 생산지로 최고급 와인이 생산되는 곳이다. 뱅 존 Vin Jaune(노란빛깔의 와인)과 더불어 시루떡만한 크기에 구멍이 숭 숭 뚫려 있는 에망딸 치즈fromage emmental도 유명하다.

포도주 이야기가 나왔으니 좀 더 소개하면 일반 포도주에 는 보통 세 가지 빛깔의 포도주가 있는데, 적포도주와 분홍색 포도주 그리고 백포도주가 그것이다. 반드시 그렇지는 않지만 적포도주는 고기 종류, 백포도주는 생선 종류와 함께 마시는 것이 일반적이다. 그 외에도 꼬냑cognac처럼 증류시켜 만드는 포도주들도 있다. 보르도bordeaux, 부르곤뉴bourgogne, 보졸레 beaujolais 등 프랑스 포도주의 이름은 생산지의 이름을 그대로 사용한다. 우리가 샴페인이라고 부르는 포도주도 프랑스 샹 빠뉴Champagne 지방에서 나오는 스파클린 백포도주를 영어로 발음한 것이다.

내가 이 도시로 가게 된 것은 계명대학교 사회학과 이영찬 교 수와의 인연 때문이었다. 80년대 초, 내가《월간해인》편집장을 할 때 대구 삼덕동 관음사 앞 신흥 건축 사옥 2층에 <해인> 편 집실이 있었다. 그때 불교문화운동을 이끌기 위해 다도 모임

VICTOR HUGO

소르본느 파리 제4대학교 교정에 있는 빅토르 위고 동상인 선다원을 함께 운영했는데, 박상임 교사가 선다원의 회원이었다. 내가 프랑스로 유학을 간다고 하니까 남편인 이영찬 선생이 브장송에서 유학중이라며 소개를 해주었다.

대학 어학과정에 등록을 하고 대학교의 기숙사에서 생활을 했다. 방을 배정받고 화장실에 가보니 남녀 학생들이 공동으로 사용하고 있었다. 더욱 놀랐던 것은 샤워실이었다. 아무리 찾아도 남자 샤워실이 없어서 지나가는 학생에게 물었더니 샤워실도 남녀공용이라는 것이다. 공공 화장실이나 샤워실에 남녀의 구분이 분명한 우리나라의 기준으로 생각해보면 흉측하다고나 할까. 도저히 상상도 못했던 서양의 문화가 나에게는 큰 충격으로 다가왔다. 승복을 입은 채 유학생활을 했던 나에게 학생들의 이목이 집중되었기에 서양 문화에 익숙해지기까지 더 힘든 시간을 보내야 했다.

전쟁 같았던 하숙집 구하기

유학시절 내내 나는 승복을 벗지 않았다. 지금 생각해 보면 순진하기도 하고, 바보스럽게 느껴지기도 한다. 조계종 승복을 입었다고 해서 특별한 대우나 대접을 받는 것도 아니었고, 오히려 불편한 일만 많았으니까 말이다.

승복 때문에 하숙집을 구하는데 무척 어려움을 겪었다. 어학코스 학생은 대학교 규정상 기숙사 생활을 3개월밖에 할 수 없었다. 그 후에는 기숙사를 나와서 하숙집을 구해야만 했다.

매주 수요일마다 발행되는 무료 정보지 쁘띠자농스Petits annonces라는 소식지를 받으려고 아침 일찍 발행사 앞에 줄서서 기다렸다. 소식지에서 여건에 맞는 하숙집 전화번호와 주소를 찾아서 공중전화를 걸고, 오라고 하면 버스를 이용하거나 걸어서 하숙집을 구하러 다녔는데, 방을 구하는 일이 그야말로 전쟁이었다. 가을학기 초입이면 나처럼 기숙사에서 나와 방을 구해야 하는 학생들이 많았기 때문이다.

방을 구하기 위해 집으로 찾아가면 주인이 자뽀네Japonais(일본인)냐고 물었다. 아니라고 하면 다시 시누아Chinois(중국인)냐고 물었다. 중국인도 아니고 월남인도 캄보디아인도 아니며 꼬레앵Coréen(한국인)이라고 하면 집주인들은 고개를 갸웃거렸다. 아시아 동쪽에 있는 작은 나라 꼬레Corée(한국)를 알고 있는 사람이 거의 없었다. 집주인은 저녁에 남편이 퇴근하면 상의를 해야 하니 다시 전화를 하라며 나를 돌려보냈다. 다음날 전화를 하면 남편이 반대해서 나에게 방을 내줄 수 없다고 했다. 여러 차례 다른 하숙집을 방문했지만 모두 마찬가지였다.

그 중에 지능적인 집도 있었다. 화재보험, 가구파손보험, 카펫 화재보험 같은 보험을 들어야만 방을 내줄 수 있다는 것이다. 방을 내주기 싫으니까 핑계를 댄 것이었다. 보험 가입 액수가 너무 커서 유학생 입장에서는 그런 집들은 엄두도 낼 수 없다는 걸 잘 알고 있었던 것이다.

가을학기 시작하기까지 한 달밖에 남지 않았는데도 방을 구할 수 없었다. 나는 점점 초조해져 프랑스 사람들에 대한 증오심마저 생겼다. 치기 어린 마음에 한국으로 돌아가면 프랑스 사람들에게는 찬물 한 그릇도 안 줄 거라고 마음먹기도 했다.

그들이 세 내주기를 거절한 것은 내 국적이 한국이기 때문이었다. 가난한 나라에서 온 사람이기 때문에 싫어한 것이다. 승복을 입고 삭발한 것도 방을 구하지 못한 원인 중 하나였다. 중국인 쿵푸 복장 같기도 하고 일본인 야쿠자 복장 같은 옷차림에 머리까지 빡빡 깎았으니 선뜻 방을 내주기가 꺼려졌을 것이다.

하숙비 가로채려던 집주인

방을 구하러 다닌 지 한 달 만에 가까스로 방을 구했다. 주거 환경과 교통 모두가 안 좋은 곳이었다. 버스에서 내려 산길로 두 정거장 정도 걸어가야만 했고, 방은 다락방이었다. 계약 조건도 좋지 않았다. 계약을 하면 6개월간 의무적으로 살아야 한다는 것이다. 만약 그 전에 나가게 되면 보증금을 내주지 않겠다고 했다. 불리한 조건이었지만, 나에게는 선택의 여지가 없었기에 무조건 계약을 할 수밖에 없었다.

월세를 내기 위해 주인집에 가면서 선물 하나를 가져갔다. 프랑스 사람들에게 선물할 기회가 있을 때 쓰려고 출국 전에 안동에서 미리 구입해 간 하회탈이었다. 꼭 필요할 때 쓰려고 아끼고 아꼈던 것이었지만, 한집에서 같이 살아야 하는 사람들이니 잘 지내보고 싶은 마음이 컸다.

주인 여자는 거실에서 딸과 함께 커피를 마시고 있었다. 나에게는 커피를 권하지 않아서 불쾌한 마음이 들기도 했다. 하지만 맘을 추슬러 월세를 먼저 건네고, 선물이라며 준비해간 하회탈을 건넸더니 주인 여자의 태도가 가관이었다. 주인 여자는 고맙다는 말도 없이 하회탈을 받고는 커피 테이블에 내려놓았다. 나를 바라보는 시선이 미개인을 바라보는 것 같았다. 그 순간 내가 참으로 어리석었구나, 하고 깨달았다. 사람에 대한 기본적인 예의도 존중도 없는 사람들이 한국의 소중한 유산인 하회탈의 가치를 알 리가 없었다. 선물한 것을 다시 뺏고 싶은 심정이었다. 앞으로의 하숙생활이 힘들 거라는 걸 육감적으로 느낄 수 있었다.

하숙집에서 생활하다보니 첫날의 그 불길한 예감이 어김없이 맞아떨어졌다. 갈수록 태산이라고 하루하루 시간이 지날수록 하숙생활은 더욱 힘들어졌다. 이런 곳에서 돈을 내가며 스트레스를 받으니 수도원에 좀 더 일찍 들어가는 것이 좋을 것 같았다.

집주인에게 떠나겠다고 말했더니, 그러면 계약 때 말했던 대로 보증금은 돌려줄 수 없다고 했다. 그러나 그것은 구두의 약속일 뿐, 계약서에 명기된 내용이 아니었다. 너무나도 뻔뻔한 프랑스 여자였다. 어디 돈을 가로챌 데가 없어서 가난한 유학생 돈을 그냥 빼앗으려고 하다니. 칼만 안 들었지 강도나 다름없었다.

나도 오기가 발동하여 생각을 바꾸었다. 맡겨 놓은 보증금에서 월세를 계산하라고 하고 월세를 내지 않기로 했다. 하지만 오기 때문에 살기 싫은 곳에서 사는 것은 더욱 화가 나는 일이었다. 생각 끝에 꾀를 냈다.

주인 여자에게 월세를 받으러 오라고 한 날, 한국 유학생 두 명을 집으로 초대했다. 두 사람은 불문학을 전공하며 프랑스에서 10년 넘게 생활한 학생이어서 프랑스어도 유창했고, 현지 사정에도 밝았다. 저녁 메뉴는 라면이었다. 유학생들에게 한국 라면은 인기가 아주 좋았다. 거기에다 포도주 한 병이면 최고의 만찬이라고 할 수 있었다.

유학생들과 저녁을 맛있게 먹은 후 커피를 마시고 있는데 주인 여자가 노크하며 들어왔다. 내 사정을 들은 유학생들이 유창한 프랑스어로 "보증금을 왜 안 주냐"며 따졌다. 현지 사정을 훤히 알고 있는데다 논리적으로 따지고 드니, 주인여자는 금세 궁지에 몰렸다. 주인 여자는 가증스럽게도 내가 프랑스어를 할 줄 몰라서 잘못 이해한 것이라고 변명했다. 그때 그 여자의 표정이 지금도 내 눈에 생생하다. 어렵사리 모은 돈을 당신 같은 여자한테 그냥 줄 순 없지, 하며 안도의 한숨을 쉬었다. 기실 내 유학비는 신도들과 도반들이 십시일반 모아준 것이어서 삼보정재라고 볼 수 있었다. 그런 금 같은 돈을 하회탈의 가치도 모르고, 거짓말을 일삼는 속물스러운 여자에게 줄 수는 없는 일이었다.

예정보다 일찍 수도원에 들어가게 되어 일정 준비로 갑자기 바빠졌다. 어학 공부를 하기 위해 5~6개월간 머물렀던 브장송에서의 시간은 이렇게 방 구하는 문제로 시작해 방 빼는 일로 마무리되었다. 유학 시절 중 나에게는 기억하고 싶지 않은 시절이었다. 1989년 12월 2일, 드디어 가톨릭 수도원으로 향했다. 브장송에 있는 동안 많은 도움을 주었던 이영찬 선생과 온영철 선생이 수도원까지 자동차로 데려다 주었다. 스님과 신자라는 관계를 떠나 나에게는 한 가족이나 다름없던 분들이다. 외국에서 생활하면서 겪게 되는 어려운 일들을 이분들 덕분에 무사히 이겨낼 수 있었다.

나들이

수도원 식구와 한가한 나들이

해인海印에서 삐에르-끼-비르까지

'관세음보살'과 '성모마리아'는
자비와 사랑의 화신이다.
한 분의 성인聖人이 불교에서는 관세음보살로,
가톨릭에서는 성모마리아로 화현한 것이리라.
이름만 다를 뿐 관세음보살은
고통 받는 중생들의 어머니시고,
성모마리아는 인류의 죄인들에게
사랑을 베푸는 어머니다.

향적 스님 프랑스 수도원 체험기

향적 스님이 1989년 12월 ~ 1990년 8월까지
약 1년동안 프랑스 삐에르-끼-비르 수도원 체험을
회고하며 묶은 글이다.

수도원 생활

은수隱修의 성자, 베네딕트

삐에르-끼-비르Le monastère de la Pierre-qui-Vire 수도원은 쌍쓰Sens 교구의 사제였던 장 밥띠스뜨 뮈라르Jean-Baptiste Muard(1809~1854) 신부님에 의해 건립되었다. 하나의 종교 공동체를 만들고자 원했던 뮈라르 신부님은 이탈리아의 수비아코 Subiaco로 여행하던 중 성 브누아의 규율la Règle de saint Benoît을 접하게 되었다. 성 브누아의 규율에 나타난, 일과 기도를 병행하는 삶에 매료된 그는, 초기 공동체생활을 함께 하게 될 두 사람을 대동하고 1848년 프랑스로 돌아와 트랍 대그벨la Trappe d'Aiguebelle에서 수도사로서 수행을 시작한다. 그는 1850년 7월 2일에 욘l'Yonne 지방 남쪽의 모르방Morvan 숲속에 있는 '삐에르-끼-비르'란 곳에 신생 수도원을 정착시킨다. 뮈라르 신부님은 1854년 6월 19일 45세로 세상을 떠난다. 당시 20여 명이었던 공동체는 이후 빠르게 성장한다. 수도원 창건 배경에 전해지는 이야기가 있다. 이 지역 영주의 부인이 병이 들었는데 어떤 약으로도 고치지 못하였다. 영주는 토굴에서 기도하고 있는 뮈라르 신부님을 찾아가 도움을 청했다. 뮈라르 신부님이 부인의 쾌유를 위해 기도드렸더니 그 가피로 병이 완치되었다. 영주는 고마운 마음에 신부님께 찾아와서 소원이 무엇이냐고 물었고, 이에 신부님은 "수도원을 세우는 것"이라고 답했다. 수도원은 영주의 감사의 표시로 지어진 것이다. 사람 사는 문화와 역사는 동서양이 서로 다르지 않은 모양이다. 수도원의 창건 이야기는 해인사의 창건 역사와 너무도 비슷했다. 해인사도 서기 802년 신라 40대 애장왕 3년에 순응과 이정 두 스님의 기도 가피로 왕후의 병이 완치되자 그 은혜에 감복한 애장왕이 세운 사찰 아니던가.

앞서 삐에르-끼-비르 수도원은 베네딕트파라고 언급한 만큼, 베네딕트파에 대한 소개를 간단히 하려고 한다.

베네딕트는 수도회의 창시자 이름이다. 정확한 이름은 '누

예복 보관실

부활절 미사를 마치고 삐에르-끼-비르 수도원 다마즈 원장과 기념촬영을 했다.

르시아의 베네딕트Sanctus Benedictus de Nursia'이다. 그는 서유럽 수도회의 아버지라고 불리며, 한국 로마 가톨릭에서는 '분도'라고 음역한다. 베네딕트는 이탈리아 몬테카시노 수도원을 세우고 회칙을 정했다. 이 회칙이 바로 베네딕트 규칙regula Benedicti이다. 베네딕트가 강조한 것은 금욕 생활, 기도, 묵상, 성경공부 그리고 육체노동이었다. 그의 계율을 따르는 수도회를 일컬어 베네딕트회라고 한다.

베네딕트 규칙을 보면, 동서양 종교의 근원은 결국 하나의 물줄기라는 생각이 든다. 우리 불가에서도 교학과 선학을 겸수할 것과 울력을 통한 청빈함을 강조하는데, 베네딕트 규칙도 이와 다르지 않았다. 특히 육체노동의 신성함을 강조하는 베네딕트 규칙의 대목에서는 중국 선종 백장선사의 '일일부작 일일불식一日不作 一日不食'이라는 청규정신을 떠올리게 한다. 또한, 베네딕트회의 묵상 방법도 묵조선默照禪과 매우 유사해 놀라지 않을 수 없었다. 더욱 특이할 만한 것은 우리 불가에서도 간화선, 묵조선, 염불선이 있듯이, 가톨릭도 명상을 할 때 성인의 가르침을 마음속에 되새기는 방법과 침묵 속에서 마음을 고요히 하는 방법이 있다는 사실이다.

베네딕트 성인은 480년경 이탈리아 중부 누르시아의 부유

한 귀족의 가문에서 태어났다. 로마로 유학을 간 베네딕트는 학업에 열중했으나 당시 환락과 퇴폐가 만연했던 로마생활에 환멸을 느꼈다. 결국 베네딕트는 학교를 자퇴하고 귀족의 신분까지 벗어던지고 로마에서 멀지 않은 엔피테라는 시골로 향했다. 사람들을 피해 깊은 산속에 위치한 수비아코 계곡의 동굴에서 3년간 홀로 은수생활을 했다.

그의 명성이 세간에 알려진 것은 기도로 기적을 보이면서부터이다. 베네딕트는 교황의 고문역을 담당하기도 했으며, 543년 3월 21일 몬테카시노 수도원 성당의 제대 앞에서 기도하다가 세수 63세의 나이로 서서 선종에 들었다고 한다.

선종禪宗의 조사들은 좌탈입망座脫立亡하는 경우가 많다. 때로는 앉아서, 때로는 서서 몸을 벗어던지고 근원의 자리로 돌아가는 것이다. 심지어 은봉선사는 물구나무서서 임종했다고 한다. 베네딕트도 서서 천국의 문으로 들었다 하니, 종교와 종파를 떠나서 수행을 열심히 한 분들은 생사에 자유자재함을 보였다는 것을 알 수 있다.

삐에르-끼-비르란 수도원 이름을 불어문장 그대로 풀이해 보면 삐에르pierre는 '돌', 끼qui는 관계대명사, 비르vire는 '움직이다'라는 뜻이다. 수도원이 세워지기 전에 이곳에는 조금만 힘을 주어도 움직이는 바위가 있었다고 한다. 마치 설악산의 흔들바위처럼... 수도원 이름은 이 흔들바위를 고정시키고 자연석 3층 위에 성모마리아 상을 모신 데서 유래한다. 이 흔들바위는 매우 신비롭다. 앞면에서 보면 3층 석탑이고, 뒷면에서 보면 5층 석탑이다. 기암괴석에 성상을 조각해 모시는 것은 동서양을 막론한 종교문화의 특징인 것 같다.

오뗄르리에서 보낸 사흘

수도원에 도착해 안내를 받아 들어간 곳은 오뗄르리 Hôtellerie(수도원의 숙박소)이다. 사찰의 객실과 같은 곳이기도 하지만 그 규모와 활용 면에서 보았을 때 한국의 사찰과는 많은 차이가 있는 곳이다. 건물 출입문은 두 개가 쌍을 이뤘는데, 오른쪽에는 양의 문양이, 왼쪽에는 사탄 문양이 조각되어 있었다. 이는 선善과 악惡을 표현한 것이라고 한다. 문의 상단 벽에도 고풍스러운 그림이 새겨져 있는데, 오른쪽은 구약성경의 내용을, 왼쪽은 신약성경의 내용을 표현했다고 한다. 왼쪽 그림 속에는 인류의 종말이 왔을 때 예수님으로부터 심판과 구원을 받는 모습이 묘사돼 있다. 오른쪽 그림 속에서는 이스라엘 백성이 모세를 따라 이집트에서 홍해를 건너 탈출하는 모습과 이집트 병사들이 홍해에 빠져 몰살당하는 모습이 묘사돼 있다. 그림의 면면이 매우 섬세하고 장엄해서 경외심마저 느끼게 한다. 수도원의 출입문은 사찰 입구의 사천왕문을 떠올리게 했다. 종교를 막론하고 속세에서 성역으로 진입하는 곳에는 장엄한 상징물이 있는 것을 알 수 있었다.

오뗄르리의 책임 수사는 내가 수도원에 방을 배정받기 전 임시로 기거할 방을 안내해 주었다. 방에 놓여 있는 일인용 침대는 깨끗하게 정리되어 있어 수도원의 청빈과 검소함이 엿보였다. 이와 같은 구조의 1인 1실의 방이 2층과 3층에 수 십 칸이었다. 그곳에서 사흘을 보내면서 오뗄르리의 건물 구조를 면밀히 살펴 볼 수 있었고, 그래서 건물의 용도가 무엇인지도 알게 되었다. 건물의 형태는 반지하식 3층 석조물이지만 잘 다듬어진 석조물은 아니고 자연석에 가까운 돌조각을 쌓아 올린 형태였기 때문에 숲속의 자연과 조화를 잘 이루고 있었다. 지붕은 검은색으로 덮여 있어 수도원 특유의 엄숙한 분위기를 자아냈다. 1층 출입문 우측에는 조그마한 안내 사무실이 있는데, 한 명의 수사가 상주하면서 수문장 역할을 한다. 수문장 역할을 하는 수사는 수도원에 면회 온 방문객과 수사를 연결해 준다. 면회를 요청한 방문객들은 대개 수도원에서 수행하는 수사들의 가족이나 친지들이었다. 수문장 역할을 하는 수사는 우편물 수발과 함께 전화교환수 역할도 한다.

1층은 주로 크고 작은 접견실 공간으로 사용한다. 1층 복도는 넓고 길게 트여 있어 보기에 시원한 느낌이 들었다. 오뗄르리를 관리 운영하는 사무실은 1층 중앙에 위치해 있으며 한 명의 수사가 방문객 방 예약과 피정 온 신자들의 방사배정 그리고 숙식비를 수납한다. 숙식비는 학생의 경우 일반 신자에 비해 저렴했는데 그 액수가 근소한 차이여서 실비에 가까웠다고 말할 수 있다. 하지만 자유의사에 맡겨서 방문객이 성의껏 주는 대로 받기도 한다. 방문객과 피정 온 신자들을 위한 식당이 두 개 있었는데 큰 공간과 작은 공간으로 구성되어 있다. 작은 공간의 식당은 주로 수도원 방문객을 위한 차담실로 사용한다. 수도사들이 개인적으로 선물 받은 커피와 차 그리고 과자와 초콜릿 등은 이곳에 기탁되어 공동으로 사용한다. 방문객과 피정 온 신자들의 음식은 수도원 공동체 주방에서 준비하는데 그날의 인원수를 미리 파악하여 음식량을 조절한다.

오뗄르리 식당의 설거지와 청소는 식사한 손님들이 함께 하게 되어 있다. 그리고 다음 식사준비도 미리 하는데 손님이 식탁에 사람 수에 맞게 접시와 포크, 스푼과 나이프를 미리 준비해 놓아야 한다. 그러면 식당 책임자 수사는 식탁이 세팅되어 있는 것을 보고 사람 수에 맞게 음식을 장만한다. 이 같은 오뗄르리 식당의 운영방식은 합리적이고 이성적인 서구문화에 기초한 것이라고 할 수 있다. 한국 사찰의 경우 손님과 신자들의 밥상을 행자나 사미승, 혹은 후원 소임자들이 하는 게 상례이다. 이는 예의를 중시하는 유교문화의 영향이라고 할 수 있다. 물론 합리적인 서구문화와 예의를 중시하는 동양문화 중 어느 것이 옳다고 말할 수는 없을 것이다. 합리주의만 강조하다보면 사람간의 관계에서 가장 중요하다고 할 수 있는 인정이 사라지게 되는 반면, 역으로 예의만 중시하다보면 허례허식에 빠질 수 있기 때문이다.

　단체로 수련을 온 신자들을 위한 시설은 수도원 경내에서 약간 떨어진 숲속에 독립되어 있다. 그곳에는 수련 단체가 준비해 온 음식을 조리해 먹을 수 있도록 주방과 식당이 별도로 갖추어져 있다. 또한 기도와 명상을 할 수 있는 조그마한 성당이 있는데. 이는 방문객들이 기도를 하기 위해 번거롭게 본당에 오는 일이 없도록 수도원 측에서 배려한 것이다.

이곳의 조그마한 성당에서 유아세례 의식이 집전된다. 또한 오뗄르리와 밀접한 관계에 있는 곳이 수도원 내 기념품 가게다. 기념품 가게는 독립된 건물 안에 있었는데, 40평 정도 되는 실내에는 수도원에서 제작하고 만든 출판물과 도자기, 신앙적인 액세서리, 치즈, 수사들의 수행생활을 담은 비디오테이프, 수도원 기도시간에 녹음한 수사들의 그레고리안송 CD 등이 진열되어 있다. 특히 서점에 딸린 전시실에서는 수도원의 일상생활을 사진으로 찍어 대형 액자로 전시하며, 주말에는 시간대별로 수도원의 생활을 비디오로 소개한다. 이는 수도원의 공동체생활을 직접 볼 수 없는 일반 신자들을 위한 수도원의 배려라고 할 수 있는데, 수도원의 이 같은 홍보는 일반 신자들에게 호응이 높아 포교에 적지 않은 영향을 끼치는 것으로 보였다.

수도원에서의 행자생활

오뗄르리에서 3일간의 임시생활을 마치고 다마즈 원장님 Père Abbé Damase께 수도원에 들어가기 위해 인사를 드렸다. 두 번째로 만나게 된 터라 원장님은 특유의 부드러운 미소로 나를 반갑게 맞아주었다. 또한 막씨밀리앵F. Maximilien 수사를 소개받았다. 그 수사는 스웨덴 출신으로 영어를 잘했다. 이 친구가 나의 수도원 생활에 대한 모든 것을 안내해 주고 어려운 문제를 해결해 주는 매니저 수사였다.

매니저 수사는 앞으로 내가 지내게 될 공동체 안에 있는 방을 안내해 주었다. 공동체 건물은 수사들의 개인 방이 있는 공간으로서 사찰의 요사채와 같은 곳이며 일체 외부인의 출입이 금지된 곳이다. 공동체 건물은 석조 4층으로 된 건물인데 다락방이 있어 기능적으로는 5층인 셈이다. 층층마다 중앙에 복도가 있고 양쪽으로 방사坊舍가 배치되어 있다. 한 건물 안에 모든 수사들의 방이 있지만 수도원 규율상 다른 수사 방에 들어갈 수 없다. 서로 전할 말이나 용무가 있으면 방문을 노크하고 유리창 앞에서 검지를 입술에다 대면 할 말이 있으니 밖으로 나오라는 신호였다. 그러면 복도 한 쪽에 마련되어 있는 말할 수 있는 공간에 가서 대화를 나눈다. 방 안에는 세면기와 책상, 전기스탠드, 그리고 침대가 놓여 있었다. 생활에 꼭 필요한 가구만 있는 셈이었다. 침대는 사과상자 두 개에다 베니어판을 올려 놓아서 만든 것이었는데, 내가 군대생활 할 때 사용했던 것과 같은 담요가 매트리스에 덮여 있었다. 배정받은 방은 다락방이어서 밤이면 달과 별이 보였다. 내가 다락방에 배정된 것은 데뷔땅débutant(초심자)이기 때문이라고 했다. 몇 달 뒤에는 다락방 신세를 면하게 되었다.

한껏 기대를 품고 들어온 수도원의 첫날밤, 잠이 오지 않았다. 딱딱한 침대 위에서 낡은 담요를 덮은 채 이리저리 뒤척였다. 밤이 깊어지자 점차로 실내온도가 내려가기에 쇼파즈 chauffage(난방기구)를 만져보니 차가웠다.

이튿날에서야 밤 10시 이후에는 수도원의 모든 난방을 중단한다는 사실을 알게 되었다. 수도원에서는 댐을 막아 수력발전으로 얻은 전기를 사용하고 있었는데, 전기를 아껴서 남은 전력을 프랑스 정부에 판다고 했다. 그 소리를 들으며 이들의 절약정신에 깊은 감명을 받았다.

그 후로는 밤 10시가 넘기 전에 잠을 자려 노력했다. 하지만 그곳의 날씨는 은근히 추우며 더욱이 밤이 깊으면 한기가 뼛속 깊이 파고들었다. 결국 서울에 있는 사제에게 오리털 점퍼를 부탁하여 점퍼를 입고 잠을 자고나서부터는 한결 덜 춥게 느껴졌다.

방을 배정받아 정식으로 수도원 식구가 되었는데도 3일이 지나도록 나에게 어떤 지시사항도 내려오지 않았다. 어쩐지

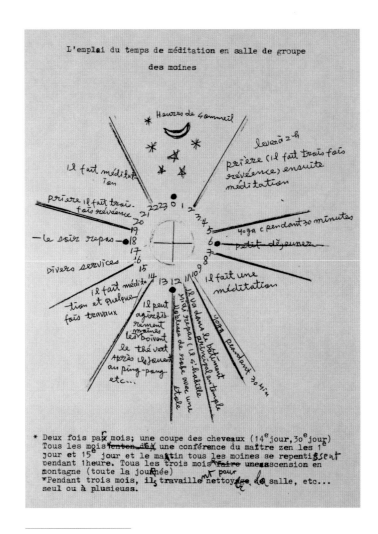

L'emploi du temps de méditation en salle de groupe
des moines

* Deux fois par mois; une coupe des cheveaux (14e jour, 30e jour)
Tous les mois ?enten dex une conférence du maître zen les 1e
jour et 15e jour et le matin tous les moines se repentissent
pendant 1heure. Tous les trois mois faire une ascension en
montagne (toute la journée)
*Pendant trois mois, il travaille nettoyage de salle, etc...
seul ou à plusieuss.

수도원의 하루 일과표

수도원의 하루 일과는 새벽 2시에 일어나 기도를 시작하여 밤 10시에는 취침해야 한다.
작업 시간 오전 오후 각 2시간. 기도 여섯 번.

좀 불안하기도 하고 무료하기도 했다. 작업시간에는 다들 자신의 역할에 맞는 일을 하는데 나만 놀고먹는 것 같았다. 이때 나는 무료함과 권태로움이 고문 아닌 고문이라는 것을 느끼면서 까뮈의《시지프스의 신화》를 떠올리곤 했다.

그리스 로마신화의 시지프스는 산 아래에서부터 꼭대기까지 무거운 바위를 운반해야 하는 천형을 받았다. 산 정상에 오르면 바위는 다시 굴러 내려가 노역은 되풀이 되었다. 까뮈는 시지프스의 신화를 통해 인간실존의 근원적인 문제를 탐구하였다. 나는 어쩔 수 없는 노역뿐 아니라 일상의 무료함 역시 시지프스의 천형과 같다고 보았던 것이다. 나는 시지프스의 신화를 떠올리면서 김현 평론가가 번역한 폴 발레리의 <제쳐논 노래>를 읊조리곤 하였다.

무얼 하니? 뭐든지 조금씩

넌 무슨 재능이 있지? 몰라,

예측, 시도,

힘과 혐오……

넌 무슨 재능이 있지? 몰라……

무얼 바라니? 아무런 것도, 그러나 전부를

무얼 아니? 권태를,

무얼 할 수 있지? 꿈꾸는 걸

매일 낮을 밤으로 바꾸려고 꿈꾸는 걸.

무얼 알지? 꿈꿀 줄을,

권태를 갈아치우려고 .

일을 하고 싶어 원장 면담을 요청했더니, 원장은 아프리카 출장 중이라고 하여 부원장을 찾아갔다. 내가 할 수 있는 일을 달라고 했더니 부원장은 참 좋은 생각이라며 일거리를 주었다. 수도원 연못 주위에 설해목雪害木을 자르는 일이었다.

평소에 안 하던 톱질이라서 그런지 무척 힘들었다. 어찌나 힘들었던지 배가 허리에 붙는 것 같았다. 절에 출가하고 나서 보낸 고된 행자시절이 떠올랐다. 나무가 많은 탓에 이 일을 마치는 데 3일이나 걸렸다.

설해목을 다 자르고 나니 또 할 일이 없었다. 다시 부원장에게 찾아갔더니 어떤 일을 하고 싶냐고 물었다. 나는 출판과 관련된 일을 하고 싶다고 말했다. 해인사에서 《월간 해인》을 등록하고 초대 편집장을 하면서 현대사회에서 인쇄 문화가 얼마나 중요한지를 알고 있었기 때문이었다.

청빈의 산실인 무인 비품창고

수도원에 들어와 나에게 설해목雪害木을 자르는 일이 주어졌을 때다. 작업에 필요한 톱과 방한장갑을 요구했더니 무인 비품창고를 안내해 주고 나서 다음부터는 언제든지 필요한 물건이 있으면 자유롭게 사용하라는 말도 덧붙였다. 무인 비품창고는 생각했던 것보다 훨씬 컸다. 작업에 필요한 각종 기구, 기계 수리용 공구, 농기계, 문구류 등 일상생활에 필요한 거의 모든 물품들이 잘 정돈돼 있었다. 비품창고에서 나의 시선을 사로잡는 곳이 있었는데, 다름 아닌 재활용품 선반이었다. 언뜻 보기에 분명 재활용품들인 것 같은데, 몹시 깨끗해 새것처럼 느껴졌다. 나중에 알고 보니, 쓰레기 분류 담당자가 재활용할 수 있는 물건들을 깨끗이 씻어서 창고에 가져다 정리해 놓은 것이다.

한국 사찰에서도 절약과 환경을 위해서 식사 때 발우공양을 한다. 자기가 먹을 만큼만 음식을 받아서 먹고 음식을 남겨 버리지 않는 식사법이다. 먹은 후에는 식기까지 물로 깨끗이 씻어서 마시는 것이다. 이러한 절약정신은 60년대 해인사 주지 소임을 보신 지월 큰스님이 부엌에 나와 행자들이 설거지하다

흘린 밥 알갱이를 부엌 흙바닥에서 주워 담아 물에 씻어 행자들 보는 앞에서 먹었던 데서도 잘 알 수 있다. 또 영암 큰 스님이 주지를 하시는 동안에 사중 일을 할 때는 사중의 기름으로 등잔불을 밝히고 개인적인 일이나 공부를 할 때는 개인용 기름으로 등잔불을 밝히곤 했다. 그리고 선원에서 정진하던 수좌스님들이 공부하고 떠날 때는 다음에 와서 공부할 스님들의 식량과 장작을 미리 준비해 놓고 떠나는 미덕을 남겨 후학들에게 많은 귀감이 되고 있다. 이와 같이 해인사에서는 지도자 스님들이 절약정신을 솔선수범하는데 이 곳 수도원은 공동체 구성원 모두가 관리 감독자가 없는데도 수도원 비품을 자기의 물건처럼 아끼고 소중하게 쓰는 것을 보고서 나는 가슴이 뭉클했다. 인천人天의 스승이라고 할 수 있는 신부와 수사들이 그 정도 책임의식은 지녀야 되지 않겠냐고 반문하는 이도 있겠지만, 수도자들도 인간인지라 타인의 시선을 의식하지 않으면 자칫 속인들과 다를 바 없는 행동을 하기 쉽다.

무인 비품창고의 운영체계를 보면서 공동체 구성원들 사이에 서로에 대한 믿음과 신뢰가 얼마나 큰지 알 수 있었다. 인간의 평등한 이상사회를 주장했던 유럽의 철학자와 사회학자들이 가톨릭 수도원의 공동체생활을 모범으로 삼아 이론을 정립했다는 설을 뒷받침하기에 충분한 경험이었다.

프랑스의 유명한 사회학자 프루동Proudhon, Pierre-Joseph (1809~1865)은 집산주의를 제창했는데, 그는 특권층이 세력화된 유럽사회에서는 자신의 사상을 펼치기가 불가능하다고 판단하여 추종자들과 함께 신대륙 미국으로 건너가 집단농장을 설립하기도 했다. 그는 이곳 집단농장에서 수도원의 공동체 생활처럼 하루의 일과 시간을 정해 놓고 함께 일하여 노동에서 얻어진 이익금을 똑같이 나눠 갖는 이상사회를 건설하려고 했다. 하지만 프루동의 꿈과 달리 오래지 않아 집산주의 공동체는 깨지고 말았다.

신앙공동체에서는 능력 만큼 일하고 필요한 만큼 가져다 쓰는 집산주의 제도가 가능한데도, 사회공동체에서는 불가능한 이유가 무얼까? 그건 아마도 신앙공동체는 오랜 기간 청빈한 율법을 지켜왔기 때문일 것이다.

수행공동체는 같은 신앙으로 구성된 공동체이기에 인간의 무한한 욕망을 계율로 자제할 수 있는 것이다. 수도원의 청빈한 전통은 '하루 일하지 않으면 하루 먹지 않는다一日不作 一日不食'는 말로 대표되는 백장회해 선사의 청규와도 일맥상통한다고 볼 수 있다.

어느 종교를 막론하고 수행자들은 성인의 가르침을 인간사회에 실현하려는 사명감을 지니고 있다. 때문에 공동체생활에 어떠한 어려움이 닥쳐도 신앙심 하나만으로 극복할 수 있는 것이다. 하지만 각자의 생각과 취미가 다른, 다시 말해 불교식으로 업이 다른 사람들이 사상이 같다는 것만으로 공동체 생활을 이어나가기란 어렵다. 왜냐하면 공동체의 공익보다는 개인의 사익을 우선시하기 때문에 희생정신이 발현되기 쉽지 않다.

수도원의 무인 비품창고 관리가 잘 될 수 있는 데는 수도사들이 부양할 식솔들이 없는 것도 한몫을 했다고 본다. 물질적으로 독신자이기에 정신적으로도 단독자일 수 있고, 소유욕을 쉽게 물리칠 수 있기 때문이다.

종교공동체라도 독신 수도자가 아닌 가족으로 구성된 공동체는 실패하기 쉽다. 그 대표적인 예로 50~60년대 경기도 덕소에 설립된 신앙촌을 들 수 있다. 이 공동체는 기독교를 표방한 박태선 장로가 창시했다. 초창기에는 우리나라에 굉장한 붐을 일으켰는데 많은 사람들이 신앙촌에서 만든 제품의 품질을 믿고 구매하면서 눈부시게 발전했다. 그런 까닭에 직장을 버리고 신앙촌으로 가는 사람도 많았다.

　실제로 내 어릴 적 친구 부모님도 논밭과 집을 모두 팔아 전 재산을 기부하고 신앙촌에 들어갔다. 하지만 이 신앙공동체 는 그리 오래 가지 못했다. 이 신앙공동체 본래 설립 취지가 좋 았음에도 오래 지속되지 못한 이유는 지도자가 사특한 마음을 가졌기 때문이다. 박태선 장로는 순수한 신앙심에 전 재산을 기부하고 들어온 신앙촌 사람들의 노동력을 착취했고, 착취한 돈을 자신의 가족들이 호의호식하는 데 흥청망청 썼다. 박태 선 장로 가족의 부도덕한 생활이 사회에 알려져 많은 사람들 로부터 지탄을 받기도 했다.

　이처럼 종교공동체라도 구성원들의 금욕과 절제, 기도와 수 행은 물론, 지도층의 공심이 없다면 유지되기 힘든 것이다.

나의 프랑스어 선생, 아델프 수사

　수도원에 들어와 며칠이 지났을 때 원장은 나에게 프랑스어 를 가르쳐 줄 선생님 한 분을 지명하여 붙여 주었다. 프랑스어 선 생님은 아델프F. Adelph라는 수사였는데, 첫눈에 70세가 넘었다는 것을 알 수 있었다. 파뿌리처럼 하얗게 센 흰머리 때문이었다.

　아델프 수사는 서양사람 같지 않게 키가 작아서 우리나라 시골 할아버지처럼 친근한 인상이었다. 그리고 말할 때는 아주 조용하게 나지막한 목소리로 말해 전형적인 수도원 수사 같은 인상의 소유자였다.

　나는 매일 아침 식사 후 약간의 휴식을 취하고 나서 폐교가 된 신학교 강의실로 가야 했다. 거기서 프랑스어 수업이 진행되었기 때문이다. 폐교가 된 신학교는 2층짜리 건물로 대형 강의실 한 개와 소형 강의실 몇 개가 있었는데, 강의실 한 칸은 음악감상실로 활용되고 있었다. 그리고 대형 강의실은 가끔 외부강사를 초청하여 특강할 때와 수도원에 특별한 행사가 있을 때 사용하였다.

　프랑스어를 배우러 갈 때는 한국에서 가져간 한불사전과 불한사전, 프랑스어 교재인《국경 없는Sans frontières》책과 노트와 필기도구를 들고 갔다. 프랑스어 수업은 매일 30분가량 이뤄졌다. 선생님과 학생 간의 일 대 일 수업이어서 그러하겠지만 금세 사제 간의 정情도 깊어졌다.

　가르쳐 준 만큼 프랑스어 실력이 향상되지 않는 것이 못내 죄송하여 나는 곧잘 겸연쩍은 얼굴로 미안하다는 말을 건넸다.

그러면 아델프 수사는 자기는 프랑스 사람인데도 프랑스어 단어를 잘 모르는 것이 있다고 나를 위로해 주었다. 그러면서 언어는 시대와 사회 변화, 문화발전에 따라서 새로운 단어가 생겨나기 때문에 프랑스 사람도 계속 프랑스어를 배워야 한다, 그러니 외국인인 너는 실수를 해도 이해를 하니까 떨지 말고 자신 있게 프랑스어를 하라는 충고를 아끼지 않았다.

어깨를 다독여 주는 아델프 수사의 관심과 애정에 힘입어 내 프랑스어 실력도 조금씩 향상되었다. 프랑스어를 배운 지 몇 달이 지나자 아델프 수사와 의사소통이 되었다.

하루는 아델프 수사가 나에게 가톨릭 수도원에 왜 왔느냐고 물었다. 아델프 수사의 질문에 망설이지 않고 나는 여러분들의 자급자족하는 제도를 배우러 왔다고 답했다.

그랬더니 아델프 수사는 이렇게 말했다.

"지금 우리가 있는 강의실 건물이 1960년대 초반까지는 신학교였습니다. 2차 세계대전이 끝나고 농경사회에서 산업사회로 바뀌면서 프랑스 가톨릭 신자들의 성금이 계속 줄어들어 신학교를 도저히 운영할 수 없는 처지에 봉착하였습니다. 그리하여, 신학교는 폐교를 결정해야 했고, 신학생들을 가르쳤던 교수들은 자급자족하는 일에 뛰어들 수밖에 없었습니다."

아델프 수사의 말을 들으니 남의 일 같지 않게 여겨졌다. 앞으로 우리나라에서도 그런 일이 벌어질 것 같았기 때문이다. 나는 아델프 수사에게 솔직히 속내를 털어놓았다.

"우리나라 불교신자들도 갈수록 사찰에 시주를 않는 것 같습니다. 향후 한국 사찰들의 운영이 걱정됩니다."

아델프 수사는 내 이야기를 듣고 고개를 끄덕였다. 비록 믿는 종교가 다르고, 태어난 국적이 다르고, 사용하는 언어가 달라도, 둘은 이심전심以心傳心으로 종교의 미래를 우려했던 것이다.

아델프 수사와 나는 종교의 미래에 대해 걱정하면서 이런 결론을 내리게 되었다.

'아무리 과학이 발전하여 삶의 질이 향상된다고 해도 인간의 행복은 물질적인 풍요로움만으로는 충족될 수 없는 것이다. 또한 인간의 가장 궁극적인 질문인 죽음의 문제는 종교만이 그 해답을 줄 수 있기 때문에 인간은 종교를 외면할 수는 없을 것이다. 따라서 우리 성직자들은 보다 건강한 사회를 만들기 위해 솔선수범하여야 할 것이다.'

프랑스어 실력이 조금씩 향상되어 가면서 아델프 수사와 나는 때로는 심원한 대화를 나누기도 하고, 때로는 실없는 농담을 주고받기도 했다. 그렇다보니 응당 둘의 관계는 눈빛만 보아도 그 의미를 꿰뚫어 볼 수 있는 친숙한 사이가 되었다.

그러던 어느 날 아델프 수사가 물었다.

"당신은 왜 숙식비도 안 내면서 수도원에서 오랫동안 머무십니까?"

나는 바로 답했다.

"대신 일을 하지 않습니까?"

그랬더니 아델프 수사가 다시 입을 열었다.

"당신 혼자만 일을 하는 게 아니지 않습니까? 다른 수도회에서 삐에르-끼-비르 수도원 생활을 체험하러 온 신부와 수사들은 모두 숙식비를 내고 있습니다."

아델프 수사의 말을 듣고 미안한 마음이 들었으나, 수도원에 숙식비를 낼 만큼 나는 경제적으로 여유롭지 않았다. 아델프 수사의 말을 듣고 나서야 언젠가 한 수사가 "당신은 베트남에서 탈출한 보트 피플입니까?"라고 물었던 까닭을 이해할 수 있었다. 솔직히 자존심도 상했지만, 인내할 수밖에 다른 방법이 없었다.

프랑스어 수업은 가톨릭 축일과 아델프 수사가 병원에 진료 받으러 가는 날을 제외하고는 매일같이 이어졌다. 아델프 수사에게 프랑스어를 배우는 것도 내가 작성한 한글 송별사를 함께 프랑스어로 옮기는 것이 마지막이 되었다. 나는 최대한 품위 있게 프랑스어를 발음할 수 있도록 노력하였고, 이런 나를 아델프 수사는 성심성의껏 지도해 주었다.

불교에 개방적인 수도원

수도원 출판사와 인쇄소 건물은 공동체 건물과 오뗄르리 사이에 길게 늘어져 있었다. 출판사의 인쇄기계 돌아가는 소리는 적막한 숲속의 수도원에 생동감을 불어넣었다. 만약 그 소리가 없었다면 수도원의 풍경은 살아 숨 쉬는 유정물의 것이 아니라 무정물의 것처럼 느껴졌을 것이다. 출판사에서 흘러나오는 인쇄기 돌아가는 소리가 수도원의 심박동소리처럼 들릴 정도였다.

수도원 출판사의 편집능력과 인쇄기술은 프랑스에서 인정하는 수준급이었다. 특히 출판물의 편집능력은 대단히 미적美的이어서 책이라는 것이 읽는 데 머무는 게 아니라 보는 것이라는 사실을 일깨워줬다. 당시 책이라고 하면 그저 종이에 글자만 새겨 넣는 수준에 머물렀던 한국의 출판계를 생각하면, 놀라운

삐에르-끼-비르 출판사
책정리 작업을 하면서 출판사 책임자 신부님과

발전이 아닐 수 없었다. 수도원의 출판사에서 나온 출판물들을 보면서 절로 프랑스가 왜 문화선진국인지 알 수 있었다.

수도원 출판사와 인쇄소의 종사자들은 한 때 프랑스어 백과 사전을 인쇄했었다는 자부심을 가지고 있었다. 출판사에는 최 첨단 원색분해기와 독일 하이델베르그사Heidelberg 의 컬러 인 쇄기는 물론이고 사진 현상소까지 갖춰져 있어 수사들이 직접 사진촬영을 하고 현상과 인화를 하였다.

출판사에 출근해서 제일 먼저 한 일은 종이상자에 책을 담 고 정리하는 일이었다. 책을 정리하면서 살펴보니 유럽에 산 재한 로마시대 폐 수도원 터를 소재로 한 책을 전집으로 출판 한 게 눈에 들어왔다. 그런데 책의 표지며 내용 중에 실린 사진 한 장 한 장이 그대로 예술작품이었다. 이러한 사진을 찍기 위 해서 폐 수도원 터에 텐트를 치고 며칠씩 숙식을 하면서 자료 수집을 했다고 한다.

이와 같은 프로정신에 저절로 존경심이 우러났다. 수도원 출 판사에서 일을 하면서 직접 보고 느낀 것은 수도원 출판사가 프랑스의 어느 출판사나 인쇄소보다 기술이 뛰어나다는 사실 이었다. 수도원 출판사의 높은 경쟁력은 구성원들의 땀의 결실 이라고 할 수 있다. 왜냐하면 수도원에는 출판과 인쇄를 위해

평생을 연구하면서 일하는 이들이 적지 않았기 때문이다. 서양 과학의 시초라고 할 수 있는 연금술이 가톨릭 수도원에서 먼저 실험되었다는 것도 같은 맥락에서 바라봐야 할 것이다.

첫날 출근을 해서 깜짝 놀랐다. 출판사 책임자 신부님은 집무실 책상 뒤의 벽면에 일본 도쿠시마시德島市 관음사의 관세음보살 벽화 사진을 모셔 놓고 있었다. 책임자 신부님은 관세음보살 사진이 너무나도 좋아서 집무실에 걸어 놓았다고 했다. 출판사 신부님의 모습을 보면서 '가톨릭'이라는 단어가 '모든 것을 포용한다'는 그리스어에서 유래했다는 것에 공감하지 않을 수 없었다.

김수환 추기경은 로마 바티칸의 베드로 성당에 가서는 10분 정도 있었는데, 경주 불국사 석굴암 석가여래 불상 앞에서는 한 시간 정도 있었다고 하여, 많은 국민과 불자들을 놀라게 했지만, 이는 극히 예외적인 경우다.

수도원의 개방성과 포용성은 한국의 종교계가 배워야 할 점이라고 생각되었다. 이 정도의 개방성과 포용성이 있었기에 한국 불교의 스님인 나를 흔쾌히 받아주었을 것이다.

수도원의 개방성에 관한 몇 개의 일화가 있다. 내가 수도원에 들어간 첫날 나의 매니저인 막씨밀리앵 수사는 도서관의 서가로 안내하면서 《한글대장경》과 《고려대장경》이 있으니 필요하면 언제든지 보라고 했다. 다른 종교의 책을 도서관에 보관하고 있다는 것도 놀라웠지만, 나를 배려한 처사 또한 고마웠다.

수도원에서는 매주 월요일 저녁 7시에서 9시까지 두 시간 동안 특별활동을 한다. 학술, 문화, 예술 등 각자의 취향대로 신부들과 수사들이 반을 편성하여 활동하는 모임이다. 그 중에 아시아의 종교를 연구하는 모임도 있어 나도 그 모임에서 활동하며 공부하고 토론하였다.

그때 연구모임 가운데 신부님 한 분이 나에게 한국에서는 불교가 오랫동안 함께하고 있는데 왜 기독교가 한국에서 급속하게 전파되었는지 이해되지 않는다고 했다. 그 질문을 받으면서 문제는 근대 한국 불교 역사 속에서 스님들이 스님의 역할을 제대로 하지 못한 결과가 아닐까 생각했다. 불교가 사회에 원하는 답을 주지 못하고, 특히 젊은층과 소통하지 못하는 것이 원인이 아닐까. 또한 수행과 중생구제가 둘이 아님에도 수행과 중생구제를 둘로 보는 데서 세상과 소통하지 못했던 것은 아닐까. 불교에 있어서 사홍서원에는 '중생무변서원도衆生無邊誓願度'가 맨 앞에 나오는데, 깨달음을 신비주의적으로 해석하고 있는 것도 문제가 아닐까 생각했다.

일요일 오전에는 일본식 다다미를 깔아서 만든 좌선실坐禪室에서 일본 스님들이 선물한 죽비를 치며 참선하는 시간을 매니저 수사와 함께 했다.

그 모임의 구성원들은 주로 불교공부를 많이 했는데, 특히 불교의 《법화경法華經》 사상에 많은 관심을 갖고 있었다. 그중에서도 〈보문품普門品〉에 나오는 관세음보살觀世音菩薩의 자비에 의한 중생구제 원력 사상을 아주 좋아했다. 나는 그들에게 관세음보살과 성모마리아는 같은 자비와 사랑의 화신인데, 동양 종교인 불교에는 관세음보살로 나투시고 서양 종교인 가톨릭으로는 성모마리아로 화현한 것이 아니겠느냐고 했다.

아닌 게 아니라 성모마리아는 여러 면에서 관세음보살과 비슷했다. 조각상만 보더라도 머리에 쓴 보관의 형태가 유사했다. 관세음보살님 왼쪽에 남순동자가 있는 것처럼 성모마리아와 아기 예수는 뗄 수 없는 관계이다. 구원 사상에 있어서도 두 분은 매우 흡사하다. 관세음보살님이 중생의 대성자모大聖慈母이신 것처럼 성모마리아는 인류의 죄인들에게 사랑을 베푸는 존재다. 이름만 다를 뿐 관세음보살님과 성모마리아 사이에는 공통점이 많았다.

기실 나는 수도원 생활을 체험하기 전까지는 가톨릭은 유일신교이기 때문에 타 종교에 매우 배타적일 것이라는 선입견을 지니고 있었다. 우리나라의 개신교에서 보이는 폐쇄성 때문에 그런 선입견을 갖게 된 것이리라. 물론 우리나라의 불교도 어느 부분 폐쇄성을 지니고 있으나 지나친 점은 없다. 이에 반해 이웃종교에 대해 상당히 우호적이고, 개방적인 태도를 갖는 가톨릭 수도원의 문화는 나에게 많은 것을 일깨워 주었다.

수도원의 낯선 한국 승려

수도원에 들어온 지 일주일쯤 지나서야 낯설던 주위 환경이 좀 익숙해지기 시작했다. 수도원 생활에 몸이 익어갈 즈음 매니저 수사가 원장의 지시사항을 일러줬다. 하루에 30분씩 교리강좌를 받아야 한다는 것이었다. 매니저 수사는 창세기부터 차례차례 성경에 대해 강의를 했다. 교리공부가 시작된 지 일주일 정도 지났을 무렵, 나는 매니저 수사에게 솔직히 속내를 털어놓았다.

"《성경》 내용은 어릴 적에 이미 읽은 바 있습니다. 뿐만 아니라 불교 교리와는 상반된 내용이 많아 제 가치관에 혼돈을 야기하기도 합니다.”

내 말을 듣고 매니저 수사는 이 사실을 원장에게 보고했다. 원체 사고가 열린 분이었던 터라 원장은 교리공부를 안 해도 된다고 허락했다.

교리공부 문제가 해결되니 다른 문제가 발생했다. 수도원의 구성원들은 반드시 하루에 여섯 번씩 기도를 해야 하고, 오전 9시 경에 미사를 올려야 한다.

미사에서는 붉은 포도주와 빵을 제단에 올리는 의식이 있었다. 제단에 올린 포도주와 빵은 미사에 참석한 이들이 조금씩 나눠 먹고 마셨다. 미사에 참여한 나는 별 생각 없이 다른 이들이 하는 것처럼 똑같이 따라했다. 그런데 미사를 마친 오후 부원장이 나를 불렀다.

“가톨릭으로 개종해서 영세를 받기 전에는 미사시간에 빵과 포도주를 받아먹거나 마셔서는 안 됩니다.”

이교도는 빵과 포도주를 먹거나 마셔서는 안 된다는 게 부원장의 주의였다.

그 다음부터는 미사 때마다 나는 혼자 꿔다놓은 보릿자루처럼 앉아있어야만 했다. 결국 나는 낯선 이방인의 취급을 받는

게 부담스러워서 매니저 수사에게 어려움을 토로했다.

"다섯 번의 기도는 의무적으로 참석하겠습니다. 하지만 미사는 가톨릭 신자들을 위한 의식이니 굳이 제가 참석할 필요가 없다고 봅니다. 미사 때마다 낯선 이방인 취급을 받는 제 입장을 고려해서 미사만큼은 참석하지 않아도 될 수 있도록 조치해 주십시오."

내 말을 듣고 매니저 수사는 다시 원장에게서 승인을 받아왔다. 미사에 참석하지 않아도 된다는 원장의 허락이 떨어진 후부터 나는 미사시간 때마다 홀로 작업장에서 일을 했다. 그 역시 외롭기는 마찬가지였지만, 그래도 군중 속에서 느끼는 소외감이 아니어서 그나마 견딜 만했다.

성탄절에 들었던 바흐의 미사곡

수도원 생활에 점차 익숙해질 무렵, 성탄절 축하 미사가 있었다. 내가 수도원에 들어와서 처음으로 있었던 큰 규모의 공식행사였다.

수도원의 성탄절 축하 행사에 동참하려면 수도원 인근에 있는 도시와 파리에 있는 가톨릭 신자들은 두 달 전부터 수도원 경내에 있는 호텔에 예약을 해야 한다. 참여자가 많은 탓이려니 하지만 우리나라 사찰 문화로 보면, 조금 이해가 안 되는 일이다. 가톨릭 신자들과 수도원 식구들이 기다리던 크리스마스 축하 자정 미사에 나도 수도원 식구의 일원으로 동참하게 되었다.

자정 축하 미사를 집전하기 전, 수도원의 긴 복도에서 제일 앞에 한국 사찰로 치면 행자격인 노비스novice(초심자) 두 명이 긴 줄에 매달린 전통 향로를 들고 흔들어 향나무를 태우면서 연기를 뿜어낸다. 미사가 시작되면 노비스 뒤에서 흰색 법복을 입고 오른손에 흰색 긴 양초에 불을 밝혀 든 신부와 수사들이 이열종대로 입장한다. 그 뒤를 이어 화려하고 장엄한 법복을 입은 열두 명의 신부들이 두 줄로 입장을 한다. 열두 명의 신부들은 예수님의 열두 제자를 상징한다. 맨 뒤에는 수도원 원장이 목자의 상징인 큰 주장자를 오른손에 들고 어린 양떼를 몰듯이 천천히 성당 안으로 들어온다.

성탄절 미사 참석을 위해 프랑스 각지에서 모여든 신자들은 행사 전 성당 안 의자에 앉아 기다리다가 입장하는 신부와 수사 그리고 원장을 경외의 눈빛으로 바라보았다. 신도들은 행렬 가운데에 있는 나를 의아한 눈빛으로 바라보며 수군거렸

수도원 미사의 이방인

수도원 미사 때마다 이방인 취급을 받아야 했다.
영세를 받지 않으면 미사 시간에 빵을 받을 수 없어 꿔다놓은 보릿자루처럼
자리만 지켜야 했다. 수도원의 낯선 승려 생활을 통해 단독자의 실존을
몸소 체득할 수 있었다.

다. 다음날 매니저 수사가 귀띔하기를, 회색 승복이 어느 나라의 신부 복장이냐고 사람들이 물었다고 한다. 성탄절 축하 미사의 행렬 속에 먼 나라 한국의 승려가 참석했으리라고는 아무도 생각지 못했을 것이다.

　처음으로 참석한 크리스마스 자정미사 의식은 아름답고 성스러웠다. 모두 기쁜 마음으로 예수님의 탄생을 축하했고, 나 역시 그랬다. 크리스마스 자정미사를 마치고 모든 사람들이 성당에서 퇴장할 때 바흐의 'b단조 미사곡'을 연주하는 파이프오르간 소리가 성당 가득 울려 퍼졌다. 그 아름답고 웅장한 음악에 가슴이 벅찼다.

　《어린왕자》에서 크리스마스 자정미사 때 연주하는 바흐 Johann sebastian Bach(1685.3.21~1750.7.28)의 미사곡missa 만큼 장엄하고 아름다운 것은 없다는 내용을 읽을 때는 그것이 어떤 느낌인지 알 수 없었다. 먼 이국의 성당에서 웅장하게 울려 퍼지는 음악을 들으니, 장엄하고 아름답다는 어린왕자의 말이 어떤 느낌인지 비로소 느낄 수 있었다. 그것은 사람의 가슴 깊숙이 스며들어 퍼지는 영혼의 소리였다. 아름다운 선율 속에서 나도 모르게 한 줄기 눈물이 흘렀다.

베토벤Beethoven의 '장엄미사곡Missa solemnis, D. Major op 123'과 더불어 종교음악의 금자탑이라는 칭호를 받고 있는 바흐의 'b단조 미사곡'은 바로크 음악의 결정체라 불린다. 궁정 음악가로서 미사곡을 작곡하기는 했지만, 바흐는 루터파의 신교도였다고 한다. 시대와 종교를 떠나 사람의 마음에 이토록 깊은 울림을 줄 수 있는 것이 음악 말고 또 무엇이 있을까.

자정미사를 마치고 바흐의 미사곡을 들으며 성당을 나오는데 식당에 따뜻한 차가 준비되어 있다는 안내를 받고 들어가니 식탁 위에 아름다운 꽃꽂이 장식을 해놓고 뜨거운 초콜릿음료와 다양한 초콜릿으로 상을 차려 놓았다. 식당의 스피커에서 흐르는 크리스마스 캐롤송에 귀를 기울이며 뜨거운 초콜릿을 마시니, 두 시간여 동안 추위에 얼어붙은 몸이 시나브로녹는 것 같았다.

솔선수범하는 원장

수도원에서 원장은 신과 같은 존재였다. 원장의 말은 바로법이라고 할 수 있었다. 원장의 임기는 종신제였고 직선제 방식으로 선출되었다. 내가 수도원에 있을 때 원장은 다마즈 신부였다. 원장은 법경 스님과 호진 스님이 수도원에 있을 때 같은 작업실에서 일을 했다고 한다. 그래서인지 나를 한결 친근하게 대해 주었다.

그때 했던 작업은 수도원 식구들의 가죽슬리퍼 만드는 일이었는데, 원장이 되고 나서도 틈만 나면 수도원 식구들을 위해 가죽슬리퍼를 만들곤 했다. 나에게도 슬리퍼를 만들어 주었다. 수도원에서는 청빈한 삶과 고행을 하기 위해 슬리퍼만 신는다. 그리하여 추운 겨울날 새벽기도 때에는 발이 시려서 동동 구르며 뛰는 수사들도 있었다.

수도원에서는 매주 수요일 아침 식사 전, 기도를 마치고 큰 회의실에 모여 원장의 지시사항과 수도원의 중요한 일정을 전달받고, 각 소임자 명단을 발표했다. 본인의 이름이 거명되면 의자에서 일어나 대중을 향해 합장 반배하고 다시 자리에 앉았다. 마치 우리나라 본사에서 결제 때 용상방龍象榜을 짤 때와 같았다.

식사당번은 누구나 일주일씩 돌아가면서 했다. 원장이라고 예외는 없었다. 원장이 하얀 앞치마를 허리에 두르고 식사당번이 되어 내 식탁 앞에 와서 물과 우유를 따라주었다. 한국에서라면 있을 수 없는 일이었다.

원장의 일정은 하루도 쉴 틈이 없어 보였다. 수시로 로마 바티칸에 회의 참석 출장을 가야했고, 아프리카 세네갈Afreeca, République du Sénégal 과 마다가스카르République de Madagascar에 있는 말사 관리를 위해 자주 방문해야 했다. 업무 틈틈이 수도원에 찾아오는 손님접대까지 하느라 그야말로 몸이 둘이라도 부족해 보일 정도였다. 원장이라고 해서 별 특권도 없었다. 원장은 출장이 잦은데도 전용승용차가 없었다. 차를 이용할 일이 있으면 수도원에서 공동으로 사용하는 차를 이용했는데, 우리나라로 치면 현대의 아반떼 급의 승용차였다. 이런 면들은 한국 불교의 본사 주지스님들이 마땅히 본받아야 할 일이다.

원장을 위한 축제

내가 수도원에 들어온 지 넉 달째로 접어든 3월이었다. 수도원 주위의 숲속 나뭇가지에는 새싹이 움트고 있었지만 아직 봄을 느끼기에는 이른 날씨였다. 여전히 깊은 밤이 되면 한기가 뼛속 깊이 파고들곤 하였다.

옛 신학교 건물 지하에 공동 샤워실이 있어 나는 작업을 끝내면 그곳에서 샤워를 했다. 그러나 몹시 피곤한 날이면 한국에 있을 때 욕조에 들어가 몸을 풀던 생각이 간절하였다. 그래서 나는 간호수사에게 특별히 허가를 받아 간호실에 딸린 욕조를 두어 번 사용한 적도 있었다.

에너지 절약을 위해서 건강한 사람은 욕조를 사용할 수 없는 게 수도원의 규칙이었다. 프랑스에는 대중목욕탕이 없어서 한국 유학생들이 프랑스 문화에 적응하기 전까지는 많은 불편을 겪게 된다. 프랑스인들에게 있어서 욕조문화는 자원을 낭비하는 일종의 사치로 치부되는 것 같았다.

그날도 나는 도자기 만드는 작업실에서 일을 끝내고 흙으로 범벅이 된 몸을 씻기 위해 샤워를 하러 갔다. 그런데 대형 강당에서 노비스들이 연극무대를 설치해 놓고 각자 배역에 맞는 분장을 하고 연극연습을 열심히 하고 있었다.

곱상하게 생긴 노비스가 여자 분장을 하고 있어 웃음을 자아냈다. 왜 연극준비를 하지? 나는 몹시 궁금했다. 수도원의 큰 축제는 크리스마스와 부활절인데 시기적으로 보아 그날을 위한 준비는 아닌 것 같았다. 나는 매니저 수사에게 물어보았다. 내 질문에 수사는 "다마즈Damase Duvillier 원장 취임 기넘일을 축하하기 위해서입니다"라고 답했다. 다마즈 원장은 1963년 10월 17일에 종신서약을 했다고 하니 나보다는 4년 더 빨리 수도자의 길에 입문한 셈이다.

다마즈 원장은 수도원 구성원들로부터 두터운 신망을 얻고 지도자로 인정받아 1978년 3월 5일 수도원 원장l'Abbé de la Pierre-qui-Vire으로 선출되었다고 한다. 원장 취임 기념일 축제는 3일 동안 성대히 열렸다. 그 3일 동안 특별식이 준비돼 수사들의 입을 즐겁게 할 뿐만 아니라, 모든 수도원 구성원은 예외 없이 작업을 하지 않고 쉬었다.

옛 신학교 대형 강당에서는 노비스들이 준비한 연극이 무대에 올려졌다. 관객석에 앉은 수사와 신부들은 연극을 보면서 때로는 배꼽을 잡고 웃거나 동심의 세계로 돌아간 듯 천진한 미소를 짓곤 했다. 아프리카에서 온 수사들은 아프리카 전통악기를 연주해 다마즈 원장의 취임을 축하했고, 수도원 식구들을 기쁘게 해주었다. 다마즈 원장 취임 축제는 단순하고 삭막한 수도원 분위기를 잠시나마 훈훈하게 바꿔 놓았다. 아울러 다마즈 원장 본인에게는 원장으로서의 긍지를 느끼게 했으리라.

원장 취임 기념일 축제를 지켜보면서 나는 한국의 불교 사찰에서도 가톨릭 수도원의 이러한 제도를 본받으면 좋을 것 같다는 생각을 했다. 우리나라 큰 절 주지스님들 중에는 생일 잔치를 크게 벌이는 일이 간혹 있어 의식 있는 스님들이 세속적이라고 비판을 하기도 하는데, 수행자에게는 속세의 생일이 중요한 게 아니라 출가하여, 비구계를 수지하는 게 중요하다고 본다. 그런데도 한국 불교계에서는 비구계 수계일이나 본사 주지 취임일을 기념해 축하해 주지 않는다. 그 기념일을 축하해 준다면 스님으로서의 자긍심도 높아지고 다시 한번 초발심을 상기하는 좋은 계기가 될 것이다.

좋은 제도는 종교나 교파를 떠나서 배워야 하지 않을까 생각한다.

샤갈의 마을에 내리는 눈

수도원 생활은 외부출입이 통제되어 있다보니 자칫하면 사회와 동떨어진 사고와 의식에 고착될 우려가 있었다. 동서양을 막론하고 위대한 종교는 수행을 바탕으로 삼았다. 그러다보니 자연스럽게 세속을 떠나서 백척간두진일보百尺竿頭進一步 정신으로 용맹정진하는 수행자가 많았다. 하지만 여기서 유념

해야 할 것은 부처님의 생애에서도 알 수 있듯 수행자의 은둔은 세상과 영원히 등지고 살기 위한 것이 아니라 진리 안에서 새롭게 민중과 역사를 만나기 위한 과정이라는 사실이다. 그런데도 일부 수행자들은 운둔의 생활 속에서 무위도식하는 타성에 젖어 그저 개인의 안락만을 좇기도 한다. 이런 폐해를 막기 위해 수도원은 외부강사를 초빙하여 특강을 열기도 했다. 외부강사의 특강은 수도원 공동체 구성원들의 교양의 폭을 넓혀줄 뿐만 아니라 사회의 근원적인 문제점을 함께 고민할 수 있는 기회도 마련한다는 점에서 의미가 컸다.

이는 한국 불교계도 마찬가지다. 해인사 강원에서도 학인들의 교양을 고취시키기 위해 외부강사를 초청해 특강을 열고 있다.

내가 수도원 생활에 익숙해지고 프랑스어에 대한 이해력이 높아진 어느 봄날이었다. 수도원에서 자동차로 한 시간 거리인 프랑스 리용 대학에서 마르크 샤갈Marc Chagall(1887.7. 7~1985.3.28)의 그림세계를 전공한 교수를 초청해 특강을 개최하였다. 샤갈은 피카소와 쌍벽을 이루는 20세기 최고로 불리는 화가여서 나도 그 명성을 알고 있었기에 특강 전부터 기대가 컸다.

특강은 3일간 오전과 오후 각각 90분씩 강의를 하는 형식으로 진행되었다. 특강이 열릴 때면 수도원 구성원이라면 누구나 작업을 중단하고 강의를 들었기 때문에 면학분위기도 매우 좋았다.

강의 장소는 1960년대 초반까지 운영하던 신학교 건물 내 100여 명을 수용할 수 있는 대형 강의실이었다. 서양미술에 눈이 열리지 않았던 나로서는 서양미술을 이해하는 좋은 계기가 되었다. 그때 미술을 보는 안목이 한 단계 격상된 것 같았다. 샤갈의 그림세계를 전공한 교수가 샤갈의 작품들을 차례차례 보여주면서 기독교 세계관에 입각해 천국을 표현한 작품이라는 설명을 해주니까 샤갈의 예술세계가 무엇인지 구체적으로 이해 되었다. 그리고 김춘수의 시 <샤갈의 마을에 내리는 눈>을 다시 음미해 보았다.

샤갈의 마을에는 3월에 눈이 온다……
눈은 수천수만의 날개를 달고 하늘에서 내려와
샤갈의 마을에 지붕과 굴뚝을 덮는다.

교수의 설명을 듣기 전에는 그저 파스텔풍의 환상적인 그림이라거나 꿈속의 풍경을 묘사한 몽환적인 작품이라는 생각밖에 들지 않았었다. 즉, 내게는 샤갈의 회화가 현실세계와는 너무 동떨어진 그림으로만 보였던 것이다. 교수의 설명 없이 샤갈의 그림을 봤던 감흥은 마치 1980년대 북유럽 여행 중 노르웨이의 수도 오슬로Oslo의 프로그네르 공원 Frognerparken에 조성돼 있는 아돌프 구스타브 비겔란Adolf Gustav Vigeland(1869~1943)의 200개가 넘는 조각 작품을 어떤 설명도 없이 봤을 때의 느낌과 같았다. 솔직히 나는 구스타브 비겔란의 조각상들을 감상하면서 왜 이렇게 나체상이 많은가, 하는 생각에 얼굴이 붉어졌었다.

나는 오슬로 여행 이튿날 우연히 노르웨이 오슬로 주재 한국대사관 직원을 만날 수 있었다. 그 직원은 북유럽에 온지 몇 년 만에 한국 스님을 처음 본다며 매우 반기면서 오슬로 시의 관광명소를 자세히 안내해 주었다. 그때 구스타브 비겔란의 조각 작품세계에 대해 다음과 같이 설명해 주었다.

"구스타브 비겔란은 노르웨이 독립(1905) 직후 국가지원을 받아서 1906년부터 전 생애에 걸쳐서 조각상을 조성했습니다. 공원 입구부터 중앙에 이르기까지 인간의 탄생과 죽음에 대한 조각품들이 전시되어 있습니다. 공원 중앙의 분수에는 인간의 탄생에서 죽음의 과정을 차례대로 표현한 36개의 조각상이 조성돼 있습니다. 특히 공원의 중앙에 위치한 270톤에 달하는 단단한 화강암 덩어리 하나로 조각해 놓은 높이 17m의 '모놀리스라'는 작품은 121명의 남녀의 모습을 새겨놓았는데, 이 형상은 서로 하늘로 올라가려는 인간군상의 탐욕을 표현한 것입니다."

한국대사관 직원의 설명을 듣고서야 비록 그 작품이 나체상이었지만 구스타브 비겔란의 작품들을 부끄러운 생각 없이 유심히 볼 수 있었다.

이러한 생각을 대사관 직원에게 솔직히 털어놨더니, 대사관 직원이 "스님뿐만 아니라 다른 한국인들도 대개 차마 부끄러워서 나체상을 제대로 쳐다보지 못해요."라고 대답했다.

대사관 직원의 말을 듣고서 한국인들은 나체상에 대한 선입견이 많다는 사실을 실감할 수 있었다.

나는 수도원에서 샤갈의 그림에 대한 강의를 들으면서 구스타브 비겔란의 나체 조각상을 떠올렸고, 곧바로 "사랑하면 알게 되고, 알면 보이나니, 그때 보이는 것은 전과 같지 않으리라"는 명언을 가슴 깊이 새겼다.

수도원에서 샤갈의 그림에 대한 전문적인 강의를 듣는다는 것은 내게 수도원 체험과 샤갈의 미술세계 공부라는 일석이조의 문화체험이었다.

벽안碧眼의 수도사

수도원에서 생활한 지 두세 달이 지났을 무렵, 10년 넘게 혼자서 토굴생활을 하고 있는 수사가 있다는 것을 알게 되었다. 마르쎌F. Marcel이라는 수사였다. 마르쎌 수사는 이따금 걸망을 메고 본당에 있는 식당에 와서 대중들이 먹고 남긴 빵과 치즈, 약간의 부식을 얻어 갔다.

마르쎌 수사를 보면 해인사 극락전에서 은사이신 일타 스님을 시봉하던 때가 떠올랐다. 그 시절에 나도 하루에 두 번씩 큰절 후원에 가서 음식을 얻어다가 은사스님과 함께 공양을 했다. 그 후 다시 태백산 도솔암에 계실 때에도 찾아가서 스님을 시봉하면서 공부하기도 했다. 일타 스님께서는 큰절에 있으니 신도들의 방문과 법문 청탁이 끊이지 않아 공부를 하기 힘들다고 자주 말씀을 하셨다. 일타 스님은 수행자의 지남指南이라는 평에 걸 맞는 행장을 가지고 계셨다. 스님께서는 스물일곱 살 젊은 시절에 태백산 도솔암에서 혼자 동구불출洞口不出 오후불식午後不食 장좌불와長坐不臥를 하시면서 6년 결사를 원만히 회향하셨다. 이때 일타 스님은 이른 아침 남녘을 돌아보는 순간 홀연 깨달으시고 다음과 같은 오도송을 읊으셨다.

頓忘一夜過 時空何所有
開門花笑來 光明滿天地

몰록 하룻밤을 잊고 지냈으니
시간과 공간은 어디에 있는가?
문을 여니 꽃이 웃으며 다가오고
광명이 천지에 가득 넘치는구나

내가 해인사에서 스님을 시봉할 때 스님께서는 태백산 도솔
암에서의 참선삼매 경지를 위의 게송을 들어 설명하셨다. 스
님께서 태백산 도솔암에서 수행하던 때를 회고하실 때면 스님
의 눈빛은 청자의 표면처럼 청아하게 빛이 나곤 했다. 스님의
푸른 눈빛을 보면서 나는 백척간두진일보百尺竿頭進一步의 정신
으로 벼랑 끝까지 자신의 실존을 몰고 갔던 은사스님의 대장
부다운 면모가 그저 존경스러울 따름이었다.

스님께서는 내가 군복무를 하고 있을 때 수행을 하기 위해
다시 태백산 도솔암으로 들어가셨다. 병역을 마친 후 나는 다
시 스님을 시봉하면서 공부하기 위해 스님을 찾아갔다. 돌이
켜보면 당시의 구법행로는 멀고도 험했다. 중앙선 기차를 타

고 현동역에 내려 온종일 걸어야 큰절인 홍제사에 도착했다. 홍제사에서 1박을 한 뒤 아침 일찍 길을 나서면 점심때쯤 도솔암에 당도했다. 도솔암은 7부 능선에 위치해 있었기 때문에 가는 길이 험준하기 이를 데 없었다. 이처럼 교통이 불편하고 찾아가기 힘들었던 터라 간혹 신도들이 스님에게 반찬과 녹차를 소포로 보내도 우체부가 도솔암까지 배달해 주지 않았다. 우체부가 홍제사에 소포를 맡겨 놓으면 도솔암까지 소포를 가져오는 일은 응당 나의 몫이었다. 소포를 찾아오려면 꼬박 6시간 동안 험준한 산길을 걸어야 했다. 상황이 이랬던 터라 장을 보러가는 일 따위는 엄두도 낼 수 없었다.

반찬이 떨어지는 날에는 우려 마신 녹찻잎에 소금과 참기름을 조금 넣어 반찬으로 만들어 먹곤 하였다. 기나긴 겨울에는 새싹이 움트는 봄이 오기만을 기다리곤 했다. 봄이 오면 산나물을 뜯어다 반찬을 할 수 있었기 때문이다. 그 시절 나는 공양주였고 은사스님은 채공이어서 정진하다가 방선하면 나물을 캐다가 반찬을 만들었다. 당시의 고행 정진하던 시절을 회상해보면 마치 내가 소설 속의 구도자이거나 주인공이 된 것 같은 착각이 들곤 한다.

은사스님을 시봉하며 수행하는 과정에서 내가 배운 것은 깨달음의 길을 오롯이 가기 위해서는 '까마득한 벼랑 끝에서 내려오는 길조차 없애버려야 한다'는 준엄한 사실이었다. 또한 수행자란 무릇 '산 정상의 바위에 맺힌 고드름처럼 결빙의 정신으로 자신의 심지心地를 겨눠야 한다'는 사실이었다.

흙으로 무념을 빚다

출판사에서 두 달 정도 책 정리하는 일만을 되풀이하다 보니 별 재미가 없었다. 다른 일을 해보고 싶었다. 평소 서양 도자기 만드는 방법을 배우고 싶다는 생각을 했던 터라 매니저 수사에게 도자기 만드는 요窯(poterie)에서 일하고 싶다고 했더니 원장에게 허락을 받아왔다.

도자기 요에서 내가 처음 했던 일은 흙반죽이었다. 나뿐 아니라 이곳에서 일하는 초심자들은 모두 흙을 반죽하는 일부터 배웠다. 특별한 기술이 필요한 일은 아니지만, 그릇을 만드는 가장 기본적인 일이었다. 나는 흙을 반죽해서 그릇의 크기에 따라 흙의 무게를 정확하게 저울에 달아 물레를 돌리면 탁자 옆으로 갖다주는 일을 했다.

흙으로 무념을 빚다

도자기 만드는 작업을 통해 무념을 깨닫다.

서너 달 동안 이 일을 했다. 추운 겨울에 차가운 흙을 이기는 일은 몹시 힘들었다. 때마침 금식기간이어서 흙을 빚는 일이 더욱 고되게 느껴졌다. 크리스마스가 지나면 부활절 때까지 굶어 죽지 않을 정도로 소식을 하는 것이 수도원의 규칙이다.

한국 사찰에서는 공부할 때 밤에 잠을 줄이고 공부하기 위해 오후 불식不食을 했다. 12시 이후에는 물만 마시고 일체의 음식은 먹지 않는 오후불식午後不食도 불교수행법 가운데 하나이다. 그리고 부처님 성도재일을 기해 7일간 용맹정진을 했다. 대중과 함께 큰 방에서 일주일 동안 허리를 바닥에 눕히지도, 졸지도 못하고 좌선만 하는 고행도 해보았지만 낯설고 물 설은 이국땅이라서 배고픔은 더 고통스럽게 느껴졌다. 배가 허리에 달라붙을 정도로 배가 고픈 상태에서 노동력이 많이 드는 일을 하자니 몸이 견딜 수 없을 정도였다.

몸만 힘든 것이 아니었다. 함께 일하는 멤버 중에 소르본느 대학 신학과를 나와서 수도원에 들어온 지 얼마 안 된 초년생 노비스가 있었는데, 내가 가져다 준 흙의 무게가 정확하지 않으면 물레를 돌리다 말고 흙을 뭉쳐서 나한테 패대기를 치곤 했다. 그러면서 "너 한국에 언제 돌아갈 거냐? 이따위로 일할 거면 한국에 돌아가!"라고 소리쳤다. 화가 치밀어 속이 끓어

올랐지만 묵묵히 참는 수밖에 없었다. 나는 불교의 스님 이전에 감정을 가진 인간이었지만, 내 배경에는 한국 불교 전체가 있었다. 나 한 사람의 행동으로 한국 불교 승려의 수행력과 인내심이 평가될 것을 생각하면서 참고 또 참는 수밖에 다른 방법이 없었다.

큰 그릇을 만들 거라며 큰 덩어리의 흙반죽을 주문할 때는 그나마 간신히 버티던 기운마저 빠져나가는 느낌이 들었다. 흙을 반죽하는 일은 내게 고문 아닌 고문이었다. 힘들어도 내색 못하고 견디는 일이 내게는 시련의 나날이었는데, 나중에 돌이켜 생각해보니, 요窯에서의 노동은 인욕을 배울 수 있었던 가장 값진 경험 중의 하나였다.

종일 흙반죽 하는 일을 반복해서 하다보니 흙을 만지는 일이 망상을 떨쳐버리게 하고, 내 마음을 순수하게 한다는 것도 알 수 있었다.

작업장을 도자기 요로 옮긴지 3개월 정도 되었어도 나는 여전히 흙반죽만 했다. 작업 시간은 하루 다섯 시간이었다. 여섯 번 기도시간 외에 오전 두 시간 작업과 오후 세 시간 정도 작업을 해야만 했다. 책임자였던 막씨밀리앵이 초보자인 나에게 물레를 돌리며 도자기 그릇 만드는 법을 쉽게 가르쳐 줄 리가 없었다.

그러나 나에게도 물레가 배정되고 내가 만들고 싶은 그릇을 만들 수 있을 거라는 기대와 희망은 버리지 않았다.

《지성과 사랑》을 읽는 밤

수도원 생활이 익숙해지면서 적응이 되어가고 있었다. 수도원의 규율은 엄격했고, 무엇보다도 묵언수행을 해야 했다. 평상시 묵언수행 중에 꼭 할 이야기가 있으면 상대방을 향해 입술에다 손가락을 대는 수화를 해야 한다. 식사시간에도 수화로 자기가 필요한 것을 주문해야 한다. 오직 말을 할 수 있는 유일한 공간은 작업장이었다.

나도 모르는 사이에 쌓이고 있는 스트레스와 향수병으로 가슴이 답답하여 때로는 "이대로 미치는 건 아닐까?" 하는 생각도 들었다. 답답함을 털어놓고 이야기할 상대도 없었다. 상대가 있다 해도 내가 프랑스어를 유창하게 할 수 없기에 답답한 마음을 풀 길 없는 것이야 매일반이었다.

프랑스의 겨울 날씨는 우리나라 여름 장마철처럼 매일 흐린 날씨에 가끔 눈이 내리지 않으면 비 오는 날이 더 많았다. 추위는 우리나라처럼 상큼하게 추운 것이 아니라 을씨년스럽고 은 근히 뼛속으로 파고드는 기분 나쁜 추위였다.

이러한 고충의 나날에 유일한 벗은 한국에서 보내온 책이었 다. 헤르만 헤세Hermann Karl Hesse(1877.7.2.~1962.8.9)의《지성과 사 랑》을 읽으면서 나르시스Narcissis와 골드문트Goldmund의 수도 원 생활을 내가 직접 체험하고 있다고 생각하자니, 내가 마치 소 설 속의 주인공이 된 것 같아, 감격스러움에 눈물짓기도 했다.

《지성과 사랑》의 이야기가 나왔으니, 몇 마디 덧붙이면 나 는 모든 종교가 지혜와 사랑을 가르친다고 믿는다. 그래서 나 는 헤르만 헤세의 작품 중《지성과 사랑》을 가장 좋아한다.

소설 속에 내가 감동 깊게 읽은 부분은 나르시스와 골드문트 가 수도원에 들어갔을 때 수도원 원장이 "철학은 공식과 개념 이 끝나는 데서 시작하는 거야"라고 말하는 대목이다. 그리고 나르시스가 골드문트에게 "떠나라, 여기는 네가 있을 곳이 아 니다. 그렇게 네가 가야할 곳으로 가라"고 말하는 장면이었다.

국적이 다르고, 얼굴이 다르고, 언어가 다르고 종교가 다른 이들 사이에서 낯선 이방인으로 고독하게 생활하고 있는 나에 게 잘 맞는 말이어서 감동이 컸다. 소설 속에서 나르시스는 지 혜로운 인물이다. 그는 고상하고 친절하다. 그런 반면 골드문

트는 냉철하다. 골드문트는 나르시스의 말을 듣고 여행길에
오른다. 나중에 나르시스도 방랑의 길을 떠난다. 결국 둘은 지
하감옥에서 극적으로 재회를 한다. 이때 나르시스는 골드문트
에게 "많이 아프냐?"고 묻는다. 이에 골드문트는 "지독하게 아
파! 하지만 나는 본심의 세계로 돌아가기 때문에 좋아"라고 답
한다. 골드문트는 죽을 때 나르시스에게 이렇게 말한다.

"어머니 없이 어떻게 죽을 수가 있느냐?"

진정한 사랑을 찾느라 인생을 보낸 골드문트는 끝내 어머니
를 발견하는 것이다. 모든 여자가 그에게는 어머니였고, 모든
사랑이 어머니의 사랑이라고 말하며 임종을 맞는 골드문트의
모습을 생각하며 나는 곧잘 눈시울을 적시곤 했다.

유럽여행 중 문학기행이라고 거창하게 말할 수는 없지만,
헤르만 헤세의 문학작품에 매료될 수 있었던 것은 괴테Johann
Wolfgang von Goethe(1749. 8. 28~1832. 3. 22)와 쉴러Johann Christoph
Friedrich von Schiller(1759. 11. 10.~1805. 5. 9), 그리고 횔드린Johann
Christian Friedrich Hölderlin(1770. 3. 20.~1843. 7. 6)의 생가를 방문하면
서 독일문학에 대한 약간의 이해와 애정을 가졌기 때문이었다.

횔드린 생가 방문은 세 번째 만에 이루어졌다. 두 번을 방문
했으나 그때마다 사설박물관이라 관리자가 외출 중이었다. 그

런데 세 번째 방문 때도 관리자가 외출을 하기 위해 출입문을 잠그는 찰나에 때마침 도착했다. 두 번이나 문이 잠겨 있어 돌아갔으니 이번에는 꼭 관람하게 해달라고 통사정을 해서 들어갈 수 있었다. 휠드린 생가를 꼭 방문하고 싶었던 것은 동국대 서양철학을 전공한 김용정 교수의 영향이 컸다. 강의 시간에 휠드린에 대한 이야기를 많이 들었는데, 언젠가는 휠드린의 생가를 꼭 방문하고 싶었었다.

특히 휠드린 생가를 방문하였을 때 헤세가 튜빙겐Tübingen 에서 서점 점원으로 일하며 글을 쓰기 시작하면서 비로소 삶의 안정을 찾았다는 사실을 알고부터 특별히 헤세에 대한 관심이 더 커졌다.

헤세에 대한 애정이 깊어가면서 헤세의 고향도 꼭 방문해야겠다는 계획을 세우게 되었다. 그리하여 독일 남부 슈바벤 Schwaben 주에 있는 헤세의 생가가 있는 칼브Calw 마을을 찾아가게 되었다. 그때의 여행에서 잊을 수 없는 추억들을 간직하게 되었는데, 특히 헤세의 문학세계에 어떤 영적 교감을 느낄수 있었던 것은 너무나 값진 체험이었다.

벤츠 자동차 공장이 있는 슈트트가르트Stuttgart역에서 기차를 타고 1시간 정도를 가다가 칼브라는 그야말로 시골 기차역에서 내렸다. 헤세의 생가가 있는 마을로 가는 버스가 대기하고 있다가 기차에서 내리는 승객을 바로 태우고서 출발하였다.

버스는 끝없이 펼쳐진 밀밭 사이를 달렸는데, 차창 밖으로 내다본 한여름의 밀밭은 황금빛으로 출렁이고 있었다. 내리쬐는 눈부신 햇살과 맑고 높은 하늘의 청아함, 그리고 선선히 불어오는 바람은 들녘의 초목과 온전하게 일치되어 보는 이에게 지극한 평화로움을 선사하였다. 마치 오래된 고가에 걸려 있는 한 폭의 수채화 속으로 빨려들어온 것만 같았다.

칼브로 가는 길의 전원 풍경은 헤세의 작품 속에 묘사된 장면 그대로였다. 차창 밖의 풍경을 고즈넉이 바라보다가 나는 순간 모든 사물들이 홀연히 정지되는 것 같음을 느꼈고, 언젠가 경험했거나 보았던 것처럼 느끼면서 시공간이 해체되어 헤세가 살았던 때로 돌아간 것 같은 착각이 들었다.

이와 같은 느낌의 희열과 흥분은 칼브 마을에 도착해 버스에서 내릴 때까지 멈춰지지 않았다. 아쉽게도 헤세가 태어난 2층 집은 양장점으로 변해 있어서 세월의 무상함을 실감할 수 있었다. 그러나 맑은 물살의 계곡물이 실로폰을 두드리는 것처럼 청명한 소리로 마을을 관통하며 흐르는 풍경은 마치 한국 산사의 사하촌 풍경을 보는 것 같아 마음이 편안하였다. 정겹고 소박한 마을 풍경 속에서 어린시절을 보낸 헤세의 정서가 문학 작품 속에 고스란히 녹아들었을 것도 틀림없다.

헤세의 생가를 방문한 경험은 지워지지 않는 화인처럼 내 마음 속에 각인되어서 그 후로도 헤세의 문학을 접할 때마다 헤세의 고향 마을을 회상하곤 한다. 그리고 그 회상은 인간 근원의 향수를 자극하는 매개체가 되어 가슴을 뭉클하게 한다.

여행과 문화체험은 먼 훗날 자신을 재충전하는 삶의 에너지가 될 뿐만 아니라 남이 이해할 수 없는 자기만의 추억이자 행복이 된다.

등불이 꺼지지 않는 도서관

수도원의 도서관은 Y자형 5층짜리 건물 중앙에 위치해 있는데, 2층부터 5층까지 연결돼 있다. 도서관은 출입문이 각층마다 있어 누구나 언제든지 자유롭게 이용할 수 있도록 설계되었다. 침묵하며 기도하고, 명상을 하는 수도원에 도서관이 왜 필요하냐고 반문하는 이도 있을 테지만, 수도원만큼 도서관이 필요한 곳도 없다. 수도원처럼 사회와 단절된 생활을 하다 보면 도서관이 유일한 사회와의 대화 통로가 된다. 도서관에 인문학 서적들이 즐비한 것도 이 때문이다. 게다가 수도원은 말 그대로 수도修道, 도를 닦는 곳이니 만큼 그 구성원들은 스스로 형이상학적인 물음에 대한 해답을 찾아야 한다. 이는 한국 불가佛家에서도 큰 사찰에는 강원이 설립되어 있는 것과 같은 이치라고 할 수 있다.

사찰 강원에서 경전과 선어록을 배우는 것처럼 수도원의 도서관에는 성경에 대한 해설서와 수도회의 규칙을 제정한 선각자들을 비롯한 옛 성현들의 어록이 많다. 성경 해설서와 옛 성현들의 어록이 수도원 수도자들의 공부를 점검하는 나침반 역할을 하는 셈이다. 이런 까닭에 수도원 공동체 구성원이면 누구나 신학과 철학에 대한 서적 구입을 신청할 수 있다. 도서 신청을 받은 도서관 사서는 책들을 구입한 후 그 목록을 공동체 식당 출입구 게시판에 공시한다. 도서관 사서는 수도사들이 교양을 위해 일독해야 할 신간서적이 나오면 구입해 식당 출입구 테이블 위에 전시해 놓기도 한다. 나로서는 수도원 구성원들의 학구열과 그 구성원들을 위해 세심하게 배려하는 수도원의 전통을 한국 불교 사찰들이 귀감으로 삼아야 할 대목으로 느꼈다.

수도원에서 도서관만은 밤 10시가 되어도 소등이 안 되는 유일한 장소였다. 수도원의 하루 일과는 새벽 2시에 기상하면서 시작한다. 일과를 마무리할 때까지 매일 총 여섯 번의 기도를 올린다. 수도원 구성원들의 임무는 기도에만 국한된 게 아니다. 수도원 구성원이라면 누구나 각자 맡은 바 역할이 주어진다. 출판사, 인쇄소, 서점, 철공소, 수력발전소, 세탁소, 옷 수선실, 호텔, 식당, 치즈 공장, 의무실, 도자기 요窯, 목장 등 서로의 능력에 맞게 해야 할 일을 배정 받는다. 저녁 9시 이후에는 수도원 경내를 마음대로 돌아다닐 수 없다. 밤 10시가 되면 모두 소등하고 취침해야 하기 때문이다.

이런 수도원의 규칙을 생각하면 도서관은 일종의 치외법권 지역이라고 할 수 있다. 독서를 낙으로 삼는 이라면 도서관은 수도원에서 유일하게 개인의 자유가 보장되는 해방구인 셈이다. 가끔 잠을 자다가 깨어서 화장실을 갈 때 불 켜진 도서관을 보면 이 깊은 밤에도 누군가 독서삼매경에 빠져 있겠구나 싶어 가슴이 뭉클해지곤 했다. 수도원의 힘든 수행 속에서도 밤을 새워가며 도서관에서 공부하려면 무엇보다도 진리를 탐구하려는 열의가 있어야 한다.

돌이켜 생각해보면 나는 도서관을 제대로 활용하지 못했다.

여가시간이 있어도 프랑스어 전문서적을 읽을 만큼의 독해능력이 없었기 때문이다. 도서관에 고려대장경과 한글대장경이 있었어도 수도원에 온 목적이 불교 교학을 공부하려는 게 아니고 수도원의 제도를 배우려는 것이었던 만큼 수도원의 소소한 하나라도 더 보고 배우는 게 우선이었다.

24시간의 도서관 개방은 한국의 선원에서는 꿈도 꿀 수 없는 일이다. 강원과 달리 선원에서는 일체의 모든 책을 볼 수가 없다. 부처님 경전과 조사어록도 예외는 아니다. 선원 출입문 양쪽 기둥 주련柱聯에는 '이 문을 들어오는 자는 모든 지식을 끊어 버려라入此門內 莫存知解'라는 글귀가 쓰여 있는 것을 종종 볼 수 있다. 이런 전통은 조계종이 선종에 바탕을 두고 있기 때문에 비롯된 것이다. 주지하다시피 초조 달마에서 육조 혜능으로 이어져 만개한 선종은 '불립문자不立文字 교외별전敎外別傳 직지인심直旨人心 견성성불見性成佛'을 종지종풍으로 삼고 있다. 이는 본래면목인 마음을 바로 보아 신위神位가 아닌 인위人位의 주인공이 되자는 가르침인데, 더러 미욱한 이들은 경전공부를 등한시해도 되는 줄 착각하기도 한다. 이런 어리석은 자들을 위해 수많은 선지식들이 교와 선을 병행할 것을 주장하기도 했다.

그렇다고 해서 한국 불교의 선원에서 참선 수행하는 스님들이 전혀 책을 보지 않는 것도 아니며, 가톨릭 수도원의 수사들이 책 속의 글자에만 의존해서 수행하는 것도 아니다. 결제기간이 끝나 해제철이 되면 스님들은 책을 볼 수가 있다.

삐에르-끼-비르 수도원 본당에서 조금 멀리 떨어진 숲 속에서 외따로이 기거하면서 10년 넘게 두문불출하며 애오라지 기도와 명상으로 수행하는 수사가 있다는 사실은 이미 앞에서도 소개한 바 있다. 이 사실에서 알 수 있듯 불교의 참선과 가톨릭의 명상은 상당부분 공통분모를 지니고 있다. 불교와 가톨릭의 수행방법은 그 나라의 생활환경과 문화에 따라서 차이가 있기 때문에 어떠한 제도가 더 좋다고 말할 수 없는 것도 사실이다. 우리 속담에 '모든 일에는 다 이유가 있다'는 말이 있는 것도 이 때문이 아닐까 싶다.

그러나 정작 중요한 것은 종교의 수행법은 달라도 궁극적으로 지향하는 바는 같다는 사실이다. 언젠가 나는 수도원의 도서관에 비치된 수많은 책들을 보면서 T.바르틀린의《성도전聖徒傳》에 "책이 없다면 하느님은 말이 없고, 정의는 잠들고, 자연과학은 멈추고, 철학은 절름거리고, 문학은 벙어리가 되며,

모든 것이 칠흑의 어둠속에 묻혀버릴 것이다"는 구절을 책의 존재와 효용에 대한 최상의 헌사로 생각한다.

나는 출가 본사가 부처님의 일대시교一代時敎인 팔만대장경을 봉안하고 있는 해인사라서 그런지 평소에도 도서관에 관심이 많다. 해인사 장경각에 소장되어 있는 목판본 팔만대장경은 세계 유일무이한 목판책 도서관이기 때문이다.

일부 기독교인들 중에는 고려시대 몽고군이 16년 동안 한반도를 강점하고 유린할 때 팔만대장경을 조성하여 부처님의 위신력威神力을 통해 몽고군을 물리치려는 에너지로 군병기를 만들었으면 더 빨리 쉽게 전쟁을 끝낼 수 있었을 것이라고 주장한다. 하지만 고려 무신정권이 그러한 것을 모르고 팔만대장경 제작을 택한 것이 아니다. 그 당시 고려는 무신과 문신 간의 적대적 인식처럼 백성들과 관료들에게 교학불교 숭상과 선불교 숭상이라는 민심의 갈림이 있었다. 그래서 고려 무신정권은 고려 백성들의 민심을 한데 모으고 몽고군에 대해 적개심을 갖게 하며 몽고군에 대항하게 하기 위해서는 몽고군이 쳐들어와서 불살라 버린 초조대장경을 다시 제작함으로써 고려 백성들의 마음을 하나로 뭉치게 하는 것이 급선무였다. 이러한 고려 무신정권의 정치적 판단이 적중하여 일석이조의 효과를 얻어내어 백성의 힘으로 몽고군도 퇴치하고 세계에 자랑할 수 있는 소중한 유네스코세계기록유산을 후손들에게 남겨주게 되었다.

유럽여행 중에 유명한 도서관을 몇 군데 방문할 기회를 가졌었다. 첫 번째로 방문한 스위스 로잔느 대학Université de Lausanne 도서관은 유럽 불교학의 권위자인 짠끄메 교수를 만나러 찾아갔었다. 이 대학 도서관은 반원형으로 지어진 건물인데 인상 깊었던 것은 도서관 앞의 황금물결 치는 밀밭이었다. 그래서 나는 속으로 도서관 건축 설계자가 마음의 양식인 도서관과 육체의 양식인 밀밭을 조화시켜 놓았다고 생각했다. 그리고 밀밭 건너편은 유럽에서 제일 큰 레만 호수가 있고 레만 호수 뒤에는 알프스의 영봉들이 만년설을 호수 위에 드리우면서 도서관 창문에 액자화 되어 있었다. 이러한 구도를 보면서 예술적 사유와 냉철한 이성으로 인생을 깊이 생각하라는 설계자의 철학을 엿볼 수 있었다.

두 번째로 프랑스에 있는 파리 국립도서관 동양학 도서관을 방문하게 되었다. 신라 구법승 혜초 스님의《왕오천축국전往五天竺國傳》원본과 세계 최초의 금속활자본인 백운 화상白雲和尚의《직지심경直指心經》원본을 열람하기 위해서였다. 담당 사서인 마담을 찾아가 해인사 고려대장경 연구소에서 왔다고 하고 《왕오천축국전》과 《직지심경》 원본을 보러 왔다고 하니까 여기가 관광객이 아무 때나 와서 볼 수 있는 백화점인줄 아느냐고 핀잔을 주었다. "당신이 학자라면 일주일동안 도서관에 나와 연구하는 모습을 행동으로 보여 달라"고 했다. 그래서 일주일짜리 도서관 열람카드를 구입하여 도서관 수위에게 도서관 출입 확인 사인을 받아가며 억지로라도 책을 읽어서《왕오천축국전》과 《직지심경》을 열람하기로 했다. 원본 열람을 약속한 하루 전 6일째 되던 날 원본을 보기 전 영인본을 보여주면서 그래도 원본을 보겠느냐고 나에게 양심을 떠보는 시험을 했다. 먼 한국에서 원본을 열람하러 이곳까지 왔지 영인본을 보러 온 것이 아니라고 말했다. 그 다음날 막상 원본을 펼쳐보는 내 손이 떨렸다. 아주 오래된 한지 책을 그처럼 전혀 손상되지 않도록 보관해온 기술력에 놀라지 않을 수 없었기 때문이었다.

역사적으로 소중한 자료를 원형 그대로 보존해 주는 이 같은 역할을 고려할 때 도서관은 인류문명사에 없어서는 안 되는 것 중에 하나이다. 그래서 아르헨티나의 소설가 시인 호르헤 루이스 보르헤스Jorge Luis Borges는 "천국은 틀림없이 도서관처럼 생겼을 것이다"라고 말했는지 모르겠다. 삐에르-끼-비르 수도원에서도 도서관은 천국과도 같은 곳이었다. 왜냐하면 수도원 내에서 자유로이 출입하며 소등시간에 구애받지 않고 독서삼매에 빠질 수 있는 유일한 해방구였기 때문이다. 그러면서 태초에 하느님의 말씀이 있었다는 성경구절과 도서관은 무관해 보이지 않는다고 생각했다.

성모마리아와 관세음보살

도서열람의 감격도 이질적 문화에 대한 근원적인 해결책이 될 수는 없었다. 수도원 생활에 가슴이 터질 것 같이 답답함이 몰려왔다. 더욱이 나를 힘들게 했던 것은 금식계율이었다.

가톨릭 율장에 의거하면 크리스마스가 지난 후부터 부활절까지는 금식기간이다. 금식기간이라고 해서 일체 음식을 안 먹는 것이 아니지만, 그야말로 죽지 않을 만큼의 음식만 허락된다. 따라서 금식기간에는 하루 세 끼 식사가 쁘띠 데죄네petit déjeuner(적은 양의 아침식사를 뜻하는데, 프랑스 사람들은 아침식사를 조금만 먹는다) 같았다. 커피나, 차 한 잔에 빵 한 조각이 한 끼 식사의 전부인 것이다. 작업하지 않으면 그래도 그냥 참을 수 있지만 도자기 요窯에서 흙을 반죽하는 나로서는 무척이나 견디기 힘들었다. 당시 나는 심각할 수준의 영양실조 상태를 느꼈다. 참다 못한 나는 막씨밀리앵에게 파리로 휴가라도 갔으면 좋겠다고 솔직히 속내를 털어놨다.

"한국 유학생을 만나서 한국말도 실컷 하고, 김치와 된장국을 먹으면 좋겠어요."

무심코 한 말인데 막씨밀리앵은 내 말을 원장에게 전했다. 원장은 나에게 휴가를 허락해 주었다. 원래 수도원 규칙에는 휴가라는 것이 없는데, 나에게만 특별히 배려해준 것이었다.

휴가를 받아서 파리에 갈 때 나는 군에서 첫 휴가를 나오는 병사처럼 들떴다. 파리에 도착해 제일 먼저 만난 이는 오원배 교수다. 그는 80년대 초 프랑스 유학을 마치고 동국대 미술과에서 5년간 강의를 하다가 휴식년을 얻어 파리에 다시 와서 작품 활동을 하고 있었다. 그의 작업실은 사용하지 않는 병기 창고를 파리시가 무상으로 임대해준 곳이었다. 오원배 교수는 군에서 첫 휴가 나온 친구를 맞이하듯이 나를 환대해 주었다. 오교수가 시장에 가서 음식 재료를 사다가 만들어준 굴 요리와 백포도주 맛은 거의 환상적이었다. 또한 그는 국립미술학교École Nationale Supérieure des Beaux-Arts 개인 작업실과 학교 내

성모마리아상

삐에르-끼-비르(흔들바위)라는 수도원 이름은 침식작용으로 인해 만들어진
화강암 "고인돌"로 부터 유래한다.

부를 견학시켜 주었다. 예술의 나라답게 학생들이 그림 그릴 때 사용하는 물감과 붓은 프랑스 정부에서 무상으로 제공한다고 한다. 세계 여러 나라의 학생들이 왜 몇 년씩 기다리며 입학을 하려고 하는지 잘 알 것 같았다. 휴가를 나와 모처럼 즐거운 며칠의 시간을 보냈다. 그러나 그 답답하고 고된 수도원 생활이 다시 그리워지는 건 무슨 이유였을까. 나는 정해진 날짜보다 앞당겨서 수도원으로 돌아왔다.

수도원으로 다시 돌아오니 비로소 마음이 편안했다. 이제 나의 집은 수도원이었다. 저녁식사 시간이 이미 지난 후라서 후원에 남은 빵조각과 커피 한 잔으로 허기를 달랜 뒤 마지막 저녁기도에 들어갔다. 수도원의 마지막 저녁기도는 하루 일과를 정리하는 자리여서 성모마리아를 칭송하는 기도문을 올린다. 이 기도문은 프랑스어가 아닌 라틴어로 한다. '여왕이시며 사랑이 넘치시는 어머니, 우리 생명과 기쁨 그리고 희망이시여……'라는 가사 내용과 곡도 좋지만 검정색 가운을 입은 신부와 수사들이 촛불을 끄고 오뜨Hôtes(하느님을 영접하는 제단)를 향하여 기도할 때, 나는 그 성스러운 분위기에 젖어 눈물까지 흘리며 생각했다.

'그래, 종교와 상관없이 나는 수도원 체질이야!'

수도원에서의 채공

수도원의 공동체 식당은 직사각형으로 된 큰 홀이다. 식탁은 10명씩 앉을 수 있는 크기의 원목이다. 이러한 식탁이 창가 쪽에 3개와 벽면 쪽에 3개, 식당 전체를 볼 수 있도록 세로로 배치된 원장이 앉는 식탁까지 총 7개가 있다.

원장이 식탁에 앉아서 식사 시작종을 울리고 감사기도를 드린 후 식사가 시작된다. 식당에서 식사 시작과 끝을 알리는 종은 월남 불교계 스님들이 선물한 것이라고 해서 나를 놀라게 했다. 우리나라 기독교계에서는 스님들이 선물한 종을 꺼리낌 없이 사용하는 일이 가능할 성싶지 않았기 때문이다. 때에 따라서는 다른 수도원에서 방문한 수사나 도시에서 사목 활동을 하는 신부와 함께 식사를 하게 되면 그 분들에게 기도를 청한다. 특별한 손님과 피정 온 남자 신도들을 원장이 앉는 식탁으로 초청해 식사를 함께 한다. 한국 사찰에서는 특별한 경우 큰 재齋를 올린 신도와 대중공양을 올린 불자들이 금녀의 집인 요사채 대중방에 들어와 대중스님들께 삼배의 예를 올리는 경우는 있지만 스님들과 함께 공양을 하는 경우는 매우 드물다.

수도원에서 식사당번

절에서 안 먹는 계란을 수십 개씩 깨트리려니 그 계란이 유정란이거나 무정란이거나 살생하는 것 같아서 죄스럽기만 했다.

수도원 규칙은 아주 연로한 사람을 제외하고는 돌아가면서 일주일씩 식사당번을 해야 한다. 내게도 식사당번이 예외일 수는 없었다. 식사준비 시간에 맞춰 하얀색 가운을 입고, 그 위에 앞치마를 두르고 주방에 나가면 주방장 수사는 그날의 메뉴에 따라 식사당번에게 일감을 준다.

내가 처음으로 식사당번을 하는 날에는 계란을 깨서 하는 요리를 도와야 했다. 절에서는 안 먹는 계란을 수십 개씩 깨트리려니, 그 계란이 유정란이거나 무정란이거나 상관없이 살생하는 것만 같은 생각이 들었다. 하지만 나 혼자 먹기 위해 하는 것이 아니기에 불교계율의 개차법開遮法을 떠올리면서 마음을 다스리니 조금은 위안이 됐다.

주방에서 음식을 만드는 대로 식탁에 갖다 놓고 수도원 식구들이 식사를 시작하면 물과 차, 그리고 우유를 따라주는 것도 식사담당의 임무였다. 식탁에 앉아 식사를 할 때도 어느 테이블에 누가 무엇을 필요로 하는지 살펴야 했다.

식사 때에는 식사당번 외에도 두 사람의 봉사자가 더 필요했다. 이들은 식당 전면 2층 높이에 마련된 조그마한 공간으로 올라가 식사하는 대중들을 바라보며 신문의 톱뉴스와 바티칸 소식을 정리해 읽어준다.

수도원은 식사시간에도 묵언을 해야 하는 게 원칙이지만, 가끔 웃기는 기사 내용을 들으면 모든 대중이 배꼽을 잡고 박장대소하기도 했다. 내가 식사당번을 할 때는 수도원 식구들에게 한국의 김을 맛보여 주고 싶어서 대구에 사는 지족암 불자에게 김을 삼 백장 정도 보내 달라고 부탁한 적이 있다. 나는 김에 참기름을 바르고 구워서 식탁에 내놓았는데, 수도원 식구들의 반응은 냉랭했다. 젊은 수사 몇 명만이 김을 먹었고, 나이 든 신부와 수사들은 빠삐에누아르papier noir(검은 종이)라고 하면서 일절 손도 대지 않았다. 한편으로 섭섭하기도 하고, 또 한편으로는 웃음이 나기도 했다. 살아온 문화가 다르니 어쩔 수 없는 일이라고 이해하면서도, 김을 버리는 게 아까워 수도원 게시판에 다음과 같은 글을 썼다.

"해인사에서는 삭발, 목욕하는 날에만 김을 먹습니다. 김은 한국 사찰의 스님들에게는 특별한 날에만 먹는 메뉴입니다. 영양가를 비교해 보면 김 한 장과 계란 한 개가 같습니다."

게시판의 글이 영향을 끼쳤던지 이튿날 어제 남은 김을 다시 구워서 식탁에 내놨더니 수도원 식구의 절반 이상이 김을 먹었다. 물론 끝까지 손을 안 대는 이들도 있었는데, 이들은 대개 나이 든 신부와 수사였다.

김을 '검은 종이'라며 무슨 불량 식품을 보듯 하는 나이 든 수사와 신부들을 보면서 동서양을 떠나 사람이 나이가 들면 나이에 비례해 보수적으로 바뀌어 새로운 문화체험을 하려고 하지 않는 것을 느낄 수 있었다.

다선일여茶禪一如 인정해준 수도원

수도원 음악감상실에는 고전음악 레코드판이 4,000여 장 정도 보관돼 있다. 수도원이라 프랑스 대중가요 레코드판은 한 장도 없었다. 나는 한국에서 준비해간 다구세트를 음악감상실에 두고 점심식사 후 자유시간에는 내가 좋아하는 클래식 음악을 들으며 작설차를 마셨다. 이와 같이 반복하기를 일주일이 지났을 때 하루는 막씨밀리앵 수사가 내 방문을 노크했다. 문을 여니 할 말이 있다는 표시의 수화를 했다. 그를 따라갔더니 "점심식사 시간에 식당에서 차를 마실 것이지 왜 따로 차를 마시느냐"며 원장의 지시사항이니까 앞으로는 음악감상실에서 차를 마시지 말라고 했다. 음악감상실에 음악을 들으러 오는 누군가가 원장에게 내 행동을 일러바친 것이었다. 나는 막씨밀리앵 수사의 말을 듣자마자 음악감상실에 있는 차 도구와 차들을 손님 접대하는 응접실에 갖다 놓았다.

수도원에서는 개인적으로 선물을 받아도 손님 접견실에서 공용으로 사용해야 한다. 그렇게 사건이 일단락되었는데, 며칠 후 막씨밀리앵 수사가 나를 다시 찾아왔다.

"수도원에서 특별히 너한테는 차 마시는 것을 허락하기로 했다."

놀란 눈으로 그를 바라보니 그가 그 사유에 대해 설명해줬다.

"원장님께서 뒤늦게 선불교의 승려들에게는 차를 마시는 것도 수행이라는 것을 아신 모양이다. 그래서 너에게는 차 마시는 것을 허락하신 것이다."

특별히 나를 배려해주는 원장과 공동체 구성원들에게는 낯선 '다선일여茶禪一如'의 가르침을 인정해준 수도원의 구성원들에게 고마운 마음이 들었으나, 음악감상실에서 혼자서 따로 차를 마시는 일은 더 이상 하지 않았다.

로마에 왔으면 로마법을 따라야 하듯이 수도원에 몸담고 있으면 수도원의 계율을 따라야 한다는 생각에서였다.

한국 승려가 수도원에서 수행한다는 소식이 다른 수도원까지 퍼졌는지, 나중에는 더러 다른 수도원의 수녀들이 찾아와서 다도 강의를 요청하기도 했다. 그때 만큼은 다구를 앞에 두고 다도茶道에 대한 강의에 응하기도 했다.

유럽에 대한 선입견

하루는 친구처럼 가까워진 막씨밀리앵에게 질문 하나를 했다. 왜 수사가 되었느냐고. 수행자에게 어려운 질문이라는 걸 같은 수행자 신분인 나도 잘 알고 있었다. 막씨밀리앵은 스웨덴 사람이었고 수사가 되기 전 직업이 의사였다고 했다.

"아내가 병으로 죽었다네. 질병을 고치는 것을 업으로 삼은 사람이 다른 사람의 병은 고치면서 정작 사랑하는 아내의 병을 고치지 못하다니..."

그는 죄책감 때문에 괴로워하다가 재혼도 하지 않고 수사가 되었다고 했다. 스웨덴에는 가톨릭 수도원이 없어서 이곳 프랑스로 오게 되었다는 것이다. 괴로움에서 비롯된 그의 수행 생활은 이제 온전히 하느님 앞에 자신을 바치는 참된 신앙의 길로 변모하고 있었다. 소설이나 영화에서나 있을 법한 이야기가 가슴을 찡하게 했다.

하나의 사물도 그렇거니와 나라와 나라의 문화도 가까이 다가가서 보면 멀리서 볼 때와는 다른 면모를 보게 된다. 한국에서는 유럽 하면 떠오르는 것이 프리섹스와 황금만능주의였다. 다른 문화권의 사람들과 가까이에서 함께 지내다보니 북유럽 스칸디나비아의 사내들은 막씨밀리앵처럼 순정이 있고 순수했다. 이런 사람들에게 어찌 성이 문란하고 물질만을 중요시한다고 말할 수 있겠는가. 유럽의 선진국은 물질적으로 풍요로워서 무엇이든 낭비하는 생활을 할 거라고 생각했는데, 오산이고 편견이었다.

수도원 생활을 하면서 하루는 다 사용한 약통을 쓰레기통에 버렸더니, 누군가가 그 약통을 깨끗이 씻어서 다시 사용할 수 있도록 비품창고에 놓아두었다. 어떤 날은 프랑스어 단어를 익히기 위해 A4용지를 좀 많이 가져다 사용하고 또다시 종이를 가지러 갔더니, 종이를 놓아두는 곳에 '필요한 양만 가져가십시오'라는 글이 붙어 있었다. 재활용하는 근검함과 필요한 만큼만 가져다 쓰는 소욕지족少欲知足 생활이 수도원의 일상이었던 것이다. 수도원에서는 각자 필요한 비품을 누구에게 주문하는 것이 아니고 무인 비품창고에 가서 필요한 물건을 가져다가 사용한다.

심지어 쓰레기도 한 장소에 잘 모았다가 종류별로 분류하여 내다 판다. 외국에서 부쳐온 편지의 우표도 수집하여 가게에 팔기도 한다. 나도 한국에서 보내온 편지의 우표를 잘 떼어서 모아 두었다가 우표수집 담당자에게 갖다 주어 수도원 수입에 한 몫을 했다.

수도원에는 세탁을 담당하는 사람이 두 명 있었다. 세탁물을 자기 방 번호가 부착된 세탁물 주머니에 넣어서 지정된 장소에 놓아두면 두 명의 담당자가 백여 명의 옷을 빨아 놓는다. 낡아서 해진 옷이 있으면 수선실로 보내서 수선한 다음 다시 세탁물 주머니에 넣어서 가져왔다.

내가 있을 때 프랑스의 국민소득이 2만5천 달러 정도였는데도 수도원에서는 팬티와 양말을 기워입고 있었다. 그때 당시 우리나라의 국민소득은 5천 달러밖에 되지 않았는데도 팬티와 양말까지 기워입는 사람이 드물었다. 수도원에서는 떨어진 옷을 부끄러워하지 않았다. 절약은 그들의 몸에 습관처럼 배어 있었다.

청빈과 검소로 생활하는 수도사들이 영혼을 맑게 하는 기도와 명상을 끊임없이 하고 있는 한 유럽사회는 여전히 희망적이라는 생각이 들었다. 어느 시대에나 그 사회를 지탱해주는 지성과 도덕적 리더 단체가 있기 마련이다. 프랑스를 지탱하는 단체가 바로 가톨릭 수도원이 아닐까 싶었다.

석양빛이 숲속 푸른 이끼 위에 비치네

수도원 생활은 월요일부터 금요일까지는 꽉 짜인 일과 때문에 하루하루가 기계의 톱니바퀴처럼 맞물려 돌아간다. 그러나 토요일과 일요일은 작업을 하지 않기 때문에 오후에는 자유 시간을 가질 수 있다. 그러니까 주말은 일종의 동중정動中靜의 시간이라고 할 수 있다. 주말 만큼은 노비스와 젊은 수사들이 취미생활을 할 수 있다. 팬플룻을 배우는 노비스는 수도원 가까이 있는 마을로 선생을 찾아가 지도를 받고 온다. 플룻 레슨비는 수도원에서 부담한다. 미대 출신 노비스는 수도원에서 마련해 준 아뜰리에와 그림도구로 그림을 그렸다.

한번은 그림을 그리고 있는 작업실에 호기심을 갖고 찾아갔다가 선禪의 세계를 그림으로 표현해 보라는 참으로 난감한 부탁을 받은 적이 있다. 선을 무엇이라고 표현하기란 참으로 불가능한 일이다. 선의 세계는 체험을 통해 이해할 수 있기 때문이다. 선가에서는 선을 설명하려고 하면 '개구즉착開口則錯', 즉 입을 여는 순간 그르친다. 선을 그림으로 표현한다는 것은 마치 장님이 코끼리를 그리는 것과 같은 일이다. 그러나 미대 출신 노비스의 표정을 보니 너무나도 진지하여 거절을 못하고 청색

바탕에 흰색으로 어렴풋이 알아볼 듯 말 듯 희미하게 둥근 원을 그려서 내가 보는 선의 세계라고 했다. 지금 생각해 보아도 그 노비스가 선의 세계를 어떻게 이해했을지 궁금하기만 하다.

한편 특별한 취미생활이 없는 이들은 삼삼오오 짝을 짓거나 아니면 혼자서 산행을 한다. 가끔 숲속에서 검은색 망토를 길게 늘어뜨린 채 사색하듯 혼자서 걸어가는 수도사들을 보면 키에르케고르의 '신 앞에 선 단독자'라는 말이 떠오르곤 하였다.

수도원은 국립공원 내에 있어서 숲이 원시림처럼 울창하고 인적도 드물어 자연과 벗하며 사색하면서 걷기에 더없이 좋은 환경이었다.

날씨가 춥거나 궂은날은 수도원 경내에 만들어 놓은 산책코스를 걷는다. 산책로에는 수령이 이삼백 년 된 적송이 몇 십 그루가 숲을 이루고 있어서 마치 한국의 산사에 와 있는 것 같은 착각이 들곤 했다.

나는 특별한 취미생활이 없어 혼자서 자주 산책을 했다. 프랑스어 실력이 능숙하지 못했던 터라 속 깊은 대화를 나눌 상대가 없었기 때문이기도 하지만 숲속 길을 혼자서 걸으며 수도원에서 혼자 뿐인 승려로서의 고독감을 내적인 성찰의 밑거

름으로 승화시키는 계기로 삼았다. 인간은 홀로 있을 때 자기 존재에 대한 근원의 문제를 더 깊이 생각할 수 있다. 부처님께서 수행자들에게 "무소의 뿔처럼 혼자서 가라"고 하셨던 것도 같은 맥락에서 해석이 가능할 것이다. 한가한 주말 오후 숲속을 거닐다 보면 때론 석양빛이 마치 소낙비처럼 울창한 나무와 나무 사이로 쏟아지는 것을 볼 수 있었다. 이때의 석양빛은 무슨 서광처럼 느껴졌다. 그러한 자연현상을 보고 있노라면 당나라 왕유王維(699-761)의 <녹채鹿砦>라는 선시禪詩가 떠오르곤 했다.

空山不見人
但聞人語響
返景入深林
復照靑苔上

텅 빈 산, 사람은 보이지 않고
단지 두런거리는 소리만 들릴 뿐
석양빛이 숲속 깊숙이 들어와
다시금 푸른 이끼 위에 비치네

시를 암송하면 문자를 통해 상상력이 확장되면서 희열에 빠져들곤 했다. 때때로 자연의 오묘한 현상 앞에서 표현할 말을 잊곤 했다欲辨己忘言. 왕유는 고요와 적정寂靜의 경지를 넘어 무심無心의 삼매경에서 자연의 신비로움을 어쩌면 그렇게 매혹적으로 묘사했을까! 선의 세계에 있어 자연은 곧 자유로운 정신세계라고 할 수 있다. 숲속을 산책하면서 시불詩佛인 왕유의 <녹채>를 암송하노라면 '선 가운데 시가 있고 시 가운데 선이 있다禪中有詩 詩中有禪'라는 언구를 절로 이해하게 된다.

한시漢詩의 특징을 일컬어 '말은 끝이 있어도 뜻은 끝이 없다言有盡而意無窮'라고 했으니, 인적 끊긴 '텅 빈 산空山'에서 들리는 두런거리는 소리가 바로 법성法聲일 것이요, 숲속 깊숙이 들어와 푸른 이끼 위를 비추는 석양빛이 바로 법계法界일 것이다. 자연은 우리에게 수많은 선물을 주지만 그 중에서 가장 으뜸을 꼽으라면, 사색할 수 있는 산책로가 주는 적요寂寥일 것이다. 그래서 동서양을 막론하고 성인들은 숲속에서의 은둔생활을 즐겼는지도 모르겠다. 가톨릭 베네딕트 수도회 창시자도 도심의 사람들을 피해 깊은 산속의 동굴에서 은수생활을 하면서 하느님의 세계를 찾았을 것이다.

은둔자들의 피크닉

수도원에서는 1년에 한 번씩 소풍을 간다. 엄격한 규칙 속에서 청빈과 검소함을 원칙으로 생활하는 수도원이지만 수행자들도 인간인지라 휴식이 필요하다. 겨우내 짙은 회색 하늘과 잦은 비 때문에 폭발 직전까지 차오르는 존재의 무게감을 견딜 수 없었던 것은 나뿐만이 아닌 듯했다.

봄이 오는 것을 시샘하는 꽃샘추위가 우리나라는 3월인데, 유럽은 4월이었다. 그래서 영국의 시인 엘리엇T.S.Eliot은 '4월은 가장 잔인한 달'이라고 한 모양이다. 겨울을 이겨내고 맞이한 봄은 내 마음을 마냥 들뜨게 했다. 들판에 이름 모를 야생화가 지천으로 피어서 생명의 싱그러움을 느끼게 했고, 겨우내 우리에 갇혀있던 소떼들은 들판에 나와 한가로이 새싹을 뜯어 먹었다. 이 모습이 너무나도 평화로워 전원의 풍경이 주는 한가로움에 행복감을 느끼기도 했다.

신록이 울창해진 초여름, 소풍을 가기에는 더없이 좋은 날이었다.

먼 거리를 걸어도 건강에 이상이 없는 젊은 신부와 수사들은 새벽기도를 끝내고 바로 목적지를 향해 걸어갔고, 몸이 불편하여 걷는 데 자신이 없거나 나이든 분들은 아침 식사 후 미니버스를 타고 갔다. 수도원 내에서는 금주, 금연, 금욕에 육식을 하지 않지만, 이 날만은 충분히 마실 수 있는 양의 포도주와 맥주를 미니버스에 싣고 갔다.

가톨릭 수도원에서 포도주를 마시지 않는다고 하면 이해가 가지 않는다는 사람이 있을지도 모르겠다. 예수님 최후의 만찬의 기원인 성체 의식에 포도주가 사용되니 말이다. 미사에 사용되는 포도주에는 삼분의 일 정도 물을 타서 올리고, 하느님께 올리는 성찬으로서 취하도록 마시는 것이 아니기 때문에 술이라고 볼 수는 없다.

나는 걸어서 소풍 대열에 합류했다. 원장과 함께 걸으며 프랑스의 전형적인 시골마을을 지날 때는 아름다운 풍경을 오래 간직하고 싶어 원장과 함께 기념사진을 찍기도 했다.

소풍의 목적지는 호숫가였다. 이곳은 인가가 드문 데다 주위의 산수가 수려하여 수도원 식구들이 모처럼의 소풍을 즐기기에 아주 좋은 장소였다.

새벽에 출발한 팀들은 먼저 도착해서 자리를 잡고 삼삼오오 짝을 지어 앉아 자유스럽게 이야기를 나누고 있었다. 수도원에서 보던 엄숙하고 딱딱한 분위기는 엿볼 수 없었다. 각자가

은둔자들의 피크닉

신록이 울창해진 초여름, 삼삼오오 짝을 지어 앉아
자유스럽게 이야기를 나누고 있어, 수도원에서
보던 엄숙하고 딱딱한 분위기는 엿볼 수 없었다.

편안한 자세로 준비해간 점심을 포도주와 맥주를 곁들여 아주 맛있게 먹으며 수도원에서 쌓였던 긴장감을 풀었다.

수도원에서는 특별한 날에만 포도주를 마실 수 있다. 크리스마스 점심때와 부활절 점심때만 포도주를 딱 한 잔씩 마시게 허락된다. 그러나 신부 서품을 받은 날의 수도원은 축제이기 때문에 특별음식과 함께 포도주를 한 잔씩 마실 수 있다. 매년 수사들의 종신서약 날에는 사회에서 생일상을 차려 주듯이 케이크와 아이스크림, 포도주 한 잔이 선물로 제공된다. 세속의 생일은 10년에 한 번씩 챙겨 준다.

수행자일지라도 엄격한 규율과 통제 속의 생활을 오래 하다 보면 스트레스가 쌓인다. 우리나라 선원에서도 수좌들이 용맹정진을 마치거나 해제를 앞두고 점심 도시락을 싸서 산행을 가는데, 추위도 이길 겸 도수 높은 알코올을 마시거나 갈증을 해소하기 위해 맥주를 가지고 가서 마시던 생각이 떠올라 한국 불교 스님들도 1년에 한두 번은 소풍을 간다고 했더니 다들 이해한다며 고개를 끄덕였다.

점심식사를 마친 후 자유시간이 이어졌다. 호숫가를 끼고 잠시나마 수도자라는 생각을 내려놓고 동심으로 돌아가서 물놀이를 하거나 수영을 즐기는 팀들도 있었다. 몇몇 팀들은 수도원에서 토론할 수 없었던 주제를 놓고 시간 가는 줄도 모르고 열띤 토론을 벌이기도 했다. 그 모습이 아주 진지해서 스터디하는 대학생들처럼 보였다.

수도원으로 돌아가야 할 오후 시간이 되자 자리를 정리하고 발이 아픈 식구들과 노약자들은 미니버스를 탔다. 그렇지 않은 식구들은 로마시대의 수도원 터에서 기도를 올리고 저녁을 먹었다. 허물어져 터만 남은 옛 수도원에서 와인을 곁들인 저녁 식사는 낭만적인 분위기를 만들기에 충분했다. 들판 너머로 저녁노을이 서녘 하늘을 붉게 물들이는데, 그 쓸쓸하고 고운 노을빛이 내 가슴까지 물들여 오래도록 지워지지 않았다.

분위기 탓인지 와인을 좀 과하게 마신 한 수사가 나에게 주사를 부렸다.

"너는 한국 불교의 스님인데, 왜 가톨릭 수도원에 와서 봉사하느냐?"며 이해할 수 없다는 말투로 물었다. 주위에 있던 수사들은 내가 불쾌하게 생각할까봐 염려했지만 나는 이해할 수 있었다.

그 동안 나에 대해 궁금한 것이 있어도 쉽사리 묻기 어려웠을 것이다. 수도원 일정이 항상 바쁘게 돌아가는데다 수도원 내에서는 침묵을 해야 했기 때문에 꼭 필요한 말이 아니면 할 수 없었다. 게다가 나와 접촉할 기회도 거의 없었으니, 술기운을 빌려 궁금했던 점을 물어보는 것도 무리가 아니었다.

나에게 진솔하게 감정을 표현한 것이 한편으론 반가웠다. 그것은 나를 수도원의 한 식구로 받아들이고 있다는 의미였고, 믿고 생각해서 스스럼없어졌다는 것을 의미했기 때문이다.

한국 불교를 알리는 세미나

소풍에서 돌아온 후, 원장에게 허락을 받아 해인사海印寺에 대해 소개하는 세미나를 하기로 했다. 나에 대해서 궁금해 하는 수도사들이 있으니, 이참에 한국 불교를 소개하고 내가 왜 삐에르-끼-비르 수도원에 오게 되었는지를 설명할 필요가 있었다.

세미나는 수도원 내에서 제일 큰 홀에서 했다. 내가 해인사에서 생활할 때 제작해 놓은 슬라이드를 보여주었다. 해인사의 당우들을 하나하나 소개하고 스님들의 생활상을 자세히 설명했다. 해인사는 한국 불교를 대표하는 삼보사찰 중에 법보종찰法寶宗刹로서 부처님의 가르침인 팔만대장경판을 봉안하고 있으며, 또한 한국에서 몇 군데 안 되는 대표적인 총림이다. 총림은 한자로는 모을 '총叢' 수풀 '림林'의 뜻으로, 나무들이 빽빽하게 많으면 곧게 자라듯이 수행자들도 많이 모여서 생활하면 대중을 의식하여 행동을 조심하게 되므로 수행자가 곧게 된다는 것을 의미한다.

불교에서 총림이라는 것은 가톨릭으로 치면 종합수도원으로서의 면모를 갖추었다는 의미이기도 하다. 총림이 되기 위해서는 선원, 강원, 율원을 기본적으로 갖추어야 된다고 설명했다. 해인사 스님들의 일과를 도표와 함께 상세하게 설명하면서 해인사의 젊은 스님들은 축구를 잘한다고도 했다.

배경 음악으로 해인사 스님들의 아침저녁 예불소리를 들려주었더니 너무나도 좋아하면서 저녁기도 시간을 알리는 종이 울리는데도 좀처럼 일어날 생각들을 하지 않았다. 마침내 기다리다 못한 원장이 시계를 가리키며 "자! 일어납시다."라고 하니 그제서야 저녁기도 하러 성당으로 들어갔다.

좋은 소리, 아름다운 소리, 성스러운 소리, 마음을 평안하게 해주는 소리는 동서양이 따로 없고, 종교의 차별이 없다는 것을 프랑스 수도사들을 통해 다시 알 수 있었다.

치즈 만드는 법을 배우다

수도원에서는 간식이나 군것질을 일체 할 수 없다. 그래서 식사 시간이 제일 많이 기다려졌다. 프로마즈fromage(치즈)를 식사 시간 때마다 맛볼 수 있다는 것도 나에게는 큰 즐거움이었다. 수도원에서 맛본 프로마즈는 어림잡아 백 가지 정도는 되는 것 같다.

치즈를 좋아하게 되니까 자연히 치즈 만드는 방법에 관심이 생겼다. 원장에게 허락을 받아 일주일 정도만 치즈 공장에 가서 일하기로 했다.

치즈 공장은 수도원에서 1㎞ 정도 떨어진 곳에 위치해 있다. 소 키우는 목장과 붙어 있어야 하기 때문이다. 수도원 목장의 소는 백여 마리 정도 되는데 일하는 소가 아니라 젖소였다.

수도원은 금녀禁女의 집이지만 수도원 목장의 치즈 만드는 공장만은 예외적으로 여자들이 일하고 있었다. 치즈 공장 책임자도 마담Madame이었다. 그들은 수도원에서 가까운 마을에서 출퇴근을 했다. 우리나라에서는 마담이라는 말이 다방이나 룸살롱에서 일하는 여자를 지칭하는데, 프랑스에서는 결혼한 여자에게 붙이는 존칭으로서 '부인'이라는 뜻이다.

도자기 만드는 공장에서는 오전 9시 30분경에 출근하여 점심식사 전의 기도시간까지 오전 작업을 마친다. 점심식사 후 1시간 정도 자유시간을 보낸 후 오후 2시 넘어 다시 작업을 시작해서 4시 40분경에 마친다.

반면, 치즈 공장은 이른 아침 6시까지 출근해야 하는데 여간 중노동이 아니었다. 허리까지 올라오는 긴 장화를 신고 물구덩이에서 살다시피 했다. 수도원에서 치즈 만드는 과정을 소개하면 다음과 같다. 젖소에서 짜낸 우유를 큰 용기에 나누어서 담아 놓고 효소를 타서 실내 온도가 28도 이상 되는 곳에 8시간 정도 발효시킨다. 다음날 아침에 나가서 보면 순두부처럼 우유가 응고되어 있는데 그냥 먹으면 새콤한 요구르트맛이다.

치즈의 무게와 크기에 맞춰 모양별로 만들어 놓은 용기는 그 밑이 아주 미세한 망으로 되어 있어서 물만 빠지게 되어 있었다. 테이블 위에 그날그날 선택한 용기를 줄지어 올려놓고 잘 발효되어 응고된 우유를 용기에 채웠다. 매일 엄청난 양의 우유를 용기에 붓는 일은 여간 힘든 일이 아니었다. 더군다나 실내 온도가 높아서 이 일을 하다보면 땀으로 목욕을 하기도 했다.

응고된 우유를 용기에 담아 물을 빼면 마치 두부처럼 되는

데, 이것을 냉장고에 넣어서 건조시키면 치즈가 된다.

독특한 맛을 내기 위해서 양념을 하기도 하는데 후추를 섞기도 하고 마늘 가루를 섞기도 한다. 그리고 아프리카산 식용 열매에서 추출한 물감을 들여서 예쁜 색깔을 내어 우리의 식욕을 돋우도록 만든다.

다 만들어진 치즈는 크기와 용량별로 종이상자에 넣은 후 수도원을 상징하는 라벨을 붙인다. 라벨에는 수도사들의 모자 그림이 그려져 있었고, 수도원에서 만드는 치즈답게 이름이 트랑낄tranquille(평온)이었다.

수도원에서 만드는 치즈는 수도원에서 식사 때 먹기도 하지만 대부분 내다 팔아 그 수익금을 수도원 운영에 보탠다. 치즈뿐 아니라 도자기와 인쇄물은 수준급이어서 프랑스에서 알아준다. 내가 만든 도자기는 한국 스님이 만들었다는 이유로 수도원을 방문한 프랑스인들에게 인기가 좋았다.

정든 수도원을 이별하며

설렘과 두려움으로 들어온 수도원 생활도 1년이 다 되어

가고 있었다. 서양 가톨릭 수도원의 제도와 문화를 어느 정도 이해했다 싶으니, 수도원에 더 이상 머물 이유가 없었다. 수도원을 떠나서 무엇을 할까? 나는 우리나라보다 월등히 수준이 높은 프랑스의 저널리즘에 대해 공부해야겠다는 생각이 들었다.

막상 수도원을 떠나야겠다고 결정하고 나니 그동안 정이 들었는지 아쉬운 마음이 들었다. 송별사Message d'adieu를 하고 싶다고 했더니 원장이 허락해주었다.

프랑스어로 송별사 원고를 준비하는 것이 여간 힘들지 않았다. 원고를 다 작성한 후 프랑스어 선생인 아델프 수사에게 교정과 윤문을 받고 나서 발음 교정 수업을 받았다. 아델프 수사는 내가 수도원에 들어온 날로부터 매일 하루에 30분씩 프랑스어를 가르쳐 주신 분이다.

송별사 공부는 1주일가량 소요되었다. 드디어 수도원을 떠나기 전날 저녁식사 후 원장의 주재 아래 수도원 식구가 한 자리에 모였다. 송별식에서 내가 프랑스어로 송별사를 읽어나가자 수도원 식구들은 세 번씩이나 기립박수를 보냈다. 그리고 내 송별사가 끝난 후 원장이 답사를 하면서 나에 대한 칭찬을 아끼지 않았다.

원장의 답사를 들으면서 나는 '송별사가 성공적이었구나!' 라는 생각을 할 수 있었다. 바로 그 자리에서 "아델프 수사에게 다시 한 번 진심으로 감사드린다"는 말을 했다.

지금 생각해 보면 1년 가까이 한번도 성가시다는 내색을 하지 않고 프랑스어를 가르쳐준 아델프 수사에게 답례를 하지 못하고 떠나온 것이 못내 아쉬울 따름이다.

그러나 그에게 프랑스어를 배우면서 더불어 성직자로서 자비와 사랑에 대한 교감을 나눴으므로, 타자에 대한 사랑으로 보답하면 되지 않을까, 하고 위안을 삼기도 한다.

송별사만 읽는 것보다는 이별가도 한 곡 부르는 것이 좋을 것 같았다. 우리 가곡 <떠나가는 배>를 부르기로 했다. 노래를 세계공통어라고 하지만 노래를 듣는 사람들이 뜻을 알면 더 좋을 것 같아서 가사를 프랑스어로 번역하였다. 며칠 동안 성가대 플루트 주자인 위베르 수사F. Hubert. Chanteur et Flûtiste의 작업실에서 플루트 반주에 맞춰 노래를 연습했다. 위베르 수사의 목소리는 참으로 맑고 아름다워서 기도와 미사시간을 한층 성스럽고 장엄하게 했다. 그 수사의 목소리에 나는 많은 감동을 받기도 했다.

위베르 수사를 찾아간 첫 날, 벽면에 걸려있는 액자를 유심히 보게 되었다. 그런데 그림이 아니고 아주 멋있는 필기체의 프랑스어였다.

그것은 그리스 철학자 플라톤이 음악에 대하여 쓴 시였다. 그 시 내용을 읽어보니 플라톤은 음악에 대하여 어떻게 저렇게도 잘 표현했을까 싶어 몸에 전율이 흘렀다. 왜냐하면 나는 클래식 음악 감상을 무척 좋아하기 때문이다. 나는 위베르 수사에게 메모지와 펜을 빌려 플라톤의 글을 적었다.

음악

음악은 인간에게 있어서 도덕의 규범이다.
음악은 우리들의 심장에 영혼을 불어넣고
생각에 날개를 달아
상상의 나래를 펼치게 해준다.

음악은 우리를 슬프게
때론 기쁘게 하는 인생과 같으며,
모든 것의 주문이기도 하다.

음악은 시간의 본질이며

모든 것을 자라게 하는데

그것은 보이지 않는 형상이다.

그럼에도 불구하고 우리를 경탄케 하며,

영원히 열애토록 한다.

<플라톤>

La musique

La musique est un loi morale.

Elle donne une âme à nos cœurs,

des ailes à la pensée, un essor à l'imagination.

Elle est un charme à la tristesse,

à la gaieté, à la vie, à toute chose.

Elle est l'essence du temps et s'élève à tout

ce qui est de forme invisible

mais cependant éblouissante

et passionnément éternelle.

<Platon>

수도원을 떠나서 저널리즘 공부를 하기 위해서는 대학의 어학 과정에 입학해서 프랑스어 공부를 보다 전문적으로 해야 할 것 같았다. 그래서 한국인이 없는 도시를 택하게 되었는데 알프스 산맥을 끼고 있는 오뜨 사부아Haute-Savoie 주의 주도인 안시Annecy에 있는 대학에 서류를 냈다. 입학허가서와 함께 내가 머물 프랑스 가정집의 하숙 동의서가 왔다.

내가 쓰던 방과 세탁물을 다 정리하여 떠날 때 가지고 갈 가방에 넣어놓았다. 이것으로 수도원을 떠날 준비가 모두 끝났다.

사람이 사는 곳은 다 같은지 나와 그룹 활동을 함께 한 아시아그룹의 회원들이 송별파티를 해주었다. 원장의 허락을 받았다면서 두 병의 백포도주와 과자를 가지고 왔다. 그들은 송별다과 자리에서 나에게 그동안의 수도원 생활에 대한 소감을 물었다. 수도원 식구들이 하느님의 말씀대로 생활하는 것 같으냐는 질문에 대해 직답을 피했다.

"한국 사찰의 선방에는 이러한 말이 있습니다. 선방에 100명의 대중이 정진하고 있어도 99명은 엑스트라라고 합니다."

수사들은 내 말을 동감하고 수도원 수사들의 문제점도 이야기 해주었다.

불교의 승려가 어떻게 가톨릭 수도원에서 1년 가까이 살 수 있었느냐고 하기에 "내가 어디에 있느냐가 중요한 것이 아니라 내가 어디에 있든 내가 해야 할 일을 하는 것이 중요한 것이다"라고 답했더니 모두 고개를 끄덕거렸다.

송별사를 해야 하는 저녁, 먼저 위베르 수사의 플루트 반주에 맞춰 <떠나가는 배>를 불렀다. 위베르 수사는 내가 프랑스어로 번역한 가사를 읽으며 노래를 부르자 큰 박수를 보내주었다.

나는 수도원에서 함께 기도하며 생활한 이유와 함께 미리 준비한 송별사를 낭송했다.

송별사 Message d'adieu

"안녕하십니까? 우리나라의 말 중에 회자정리會者定離 생자필멸生者必滅이라는 말이 있습니다. 만나면 반드시 헤어지고 태어난 자는 반드시 죽는다는 뜻입니다. 이제 제가 이곳 수도원을 떠나는 것도 이와 같은 이치입니다.

원장님 대단히 감사합니다. 이곳 수도원에서 많은 것을 배우고 체험할 수 있도록 배려해 주신 데 다시 한 번 깊이 감사

ABBAYE SAINTE-MARIE
DE LA PIERRE-QUI-VIRE
F 89830 ST LÉGER VAUBAN
Tél. 86.32.21.23

MESSAGE · D'ADIEU

Le mardi 21. 1990

안녕하십니까? (Bonsoir)

On dit; " Ceux qui sont unis, finissent toujours par être séparés," et voici, Je vais partir et quitter la P.Q.V.

Père Abbé, Je vous remercie de m'avoir accueilli dans ce monastère.

C'est vrai qu'au début, Je suis venu à la P.Q.V avec l'intention de rester seulement 3 mois. Mais J'ai été malade, et Je dois vous dire que J'ai eu des difficultés à m'adapter à la vie de la Communauté, surtout à la nourriture !

Heureusement petit à petit J'ai retrouvé ma santé, et Je m'y suis fait.

C'est pourquoi Je suis resté 9 mois, pour que l'expérience soit vraie. Je vous remercie de votre bonté. Pendant ces 9 mois J'ai pu vivre avec vous, et J'ai appris beaucoup de choses.

Le système de votre vie communautaire est fraternel et démocratique.

J'ai été très intéressé par le travail à la poterie. Alors merci beaucoup aux Frères JEAN-LOUIS et MAXIMILEN.

송별사

직접 쓴 프랑스어 송별사 원본

165

드립니다. 처음 수도원에 들어올 때는 3개월 정도만 머물까 했습니다. 그때 저는 심한 알레르기성 비염을 앓고 있었고 프랑스 음식에 적응하지 못해 힘들었기 때문입니다. 다행히 수도원의 도움으로 디종대학병원에 입원하여 수술을 받아 완치되었습니다. 알레르기성 비염은 오랫동안 저를 괴롭혀온 질병이었습니다. 한국에서 다섯 번이나 수술을 받았음에도 재발된 알레르기성 비염이 완치되었으니 제게는 더없이 기쁠 따름입니다.

프랑스 음식에도 익숙해졌습니다. 1년 가까이 있으면서 많은 것을 배우고 체험했습니다. 가톨릭 신자들의 성금에만 의존하지 않고 자급자족하는 시스템 속에서 기도와 묵상으로 수행하는 것을 배웠습니다. 여러분들의 공동체적인 삶은 우정이 담겨 있었고 매우 민주적이었습니다. 또한 저를 이교도로 생각하지 않고 여러분들의 한 형제처럼 거리낌과 비밀이 없이 대해주셔서 정말 감사드립니다. 저는 장 루이 수사, 막씨밀리앵 수사와 함께 도자기 만드는 일을 했는데, 무척 재미있고 보람된 시간이었습니다. 막씨밀리앵 수사는 저에게 서양 도자기 만드는 법을 가르쳐주었습니다.

한국 불교의 승려가 프랑스 가톨릭 수도원에서 생활하는 일은 쉽지 않았습니다. 그동안 헤르만 헤세의 《지성과 사랑》을 다섯 번이나 읽었습니다. 그때마다 제가 마치 《지성과 사랑》의 주인공이 된 것 같았습니다.

또한 한국 유학생들이 체험할 수 없는 프랑스어의 뉘앙스와 풍속, 문화와 역사에 대해 많은 것을 배웠습니다. 결과적으로 많은 보상을 받은 것 같아 저 나름대로 큰 보람을 느끼게 되었습니다.

저는 한국에 있을 때 서양철학과 세계사를 좋아하여 많은 책을 읽기도 했습니다. 세계사를 보면 지금까지 불교도는 종교전쟁을 일으킨 적이 없다는 사실을 알 수 있습니다. 그것은 불교의 포용성과 자비사상 때문입니다. 하지만 저는 어느 종교인이든 자기가 믿는 종교의 우월성을 강조할 필요가 없다고 봅니다. 종교도 인간 사회에 있어서 또 하나의 문화적 현상이라고 여기기 때문입니다.

이곳 수도원에서 성탄절과 부활절 행사를 함께 하면서 가톨릭 수도원의 장엄하고 엄숙한 종교의식이 행사에 참석한 이들의 마음을 깊이 감동시켜 번뇌망상을 정화시켜 준다는 것을 깨닫게 되었습니다. 그것은 제가 수도원 생활에 적응을 하지 못해 몸과 마음의 피로를 풀기 위해 10일간 파리에 휴가 갔다 돌아오는 날 저녁 마지막 기도에 성모찬송가le Salve Regina를 들으며 감격의 눈물을 흘리면서 몸소 체득한 사실입니다.

이와 같이 인간의 삶은 의식을 통해서도 그 가치를 다시 부여 받은 것 같습니다.

이제 이곳 삐에르-끼-비르 수도원을 떠나게 되어 무척 아쉽습니다. 앞으로는 저녁 마지막 기도시간에 라틴어로 부르는 성모 찬송가를 들을 수 없기 때문입니다. 그리고 도자기를 만들 수 없기 때문입니다. 저에게 프랑스어를 가르쳐주신 아델프 수사님 그리고 저의 매니저 역할을 해준 막씨밀리앵 수사님 또한 저와 함께 불교 공부를 한 아시아 그룹 여러분에게 다시 한 번 진심으로 감사드립니다.

기회가 주어진다면 유럽을 떠나기 전 다시 한 번 삐에르-끼-비르를 방문하고 싶습니다. 그때는 지금보다 프랑스어를 더 잘할 수 있을 것 같습니다. 여러분의 친절과 존경, 평화에 대하여 감사드립니다. 끝으로 제가 프랑스어를 잘하지 못 해 여러분들을 불편하게 해드린 점 대단히 죄송합니다. 항상 여러분과 함께 하는 신이 여러분을 보호해 주시길 기도드리겠습니다.

저의 송별사를 이것으로 마칩니다. 또다시 만납시다!"

송별사를 하는 동안 세 차례나 기립박수를 받았다.

또한 다마즈 원장은 내 송별사를 다 듣고 나서 "향적 스님이 추천하는 한국 스님은 삐에르-끼-비르 수도원에 받아 주겠다"고 대중 앞에서 약속을 했다.

떠나는 날 아침 내 편지함에는 송별사에 대한 소감을 적은 메모가 수십 장 들어 있었다. 수도원을 떠나온 뒤 그 메모지 내용을 해독하느라 끙끙거렸다. 모두 나를 격려하고 내 송별사에 공감한다는 내용이었다.

일본 절에서 3개월간 참선
참선하고 온 신부님 초청으로 안시에서 멀지 않은 곳에 있는
2세기에 건립된 수도원을 겨울에 방문하여 3일간 함께

프랑스 바게트와 커피 맛을 알다

동네 빵집 앞에서는 이른 아침부터
사람들이 줄을 지어 순서를 기다렸다.
나는 오븐에서 갓 구워져 나온
구수한 바게트 빵 냄새에 군침을 삼켰다.
골목 카페 앞에서는 에스프레소 커피향이
상쾌한 아침공기와 함께 뒤섞이고 있었다.
베레모를 쓴 노인 한 분이 높은 의자에 걸터앉아
커피를 마시며 조간신문을 읽고 있었다.

향적 스님 프랑스 수도원 체험기

향적 스님이 1989년 12월 ~ 1990년 8월까지
약 1년동안 프랑스 삐에르-끼-비르 수도원 체험을
회고하며 묶은 글이다.

수도원 체험을 마치고

사부아 대학의 어학코스에 등록하다

수도원을 떠나기 전 공부하기에 좋은 도시와 대학을 정하기 위해 많은 정보를 수집했다. 프랑스어 공부를 더 하고 싶었기 때문이다. 먼저 한국 학생이 없는 도시와 대학을 선택하기로 했다. 그리하여 프랑스 남동쪽 몽블랑Mont blanc이 있는 알프스 자락, 안시Annecy에 있는 사부아대학Université de Savoie의 어학코스에 등록하기로 했다. 몽블랑은 '흰 봉우리' 즉 '설산雪山'이란 뜻이다. 안시는 오트 사브아주의 도청소재지면서 알프스 산맥으로 둘러싸여 있는 주이다. 스위스 제네바가 자동차로 1시간 거리이기 때문에 스위스 풍이 느껴지기도 한다. 우리나라의 강원도를 연상시키는 산으로 둘러싸인 도시라서 그런지 낯선 외국이라는 생각이 들지 않았다. 또한 안시는 알프스의 진주라고 불리는 도시로서 프랑스인들이 최고의 휴양지로 손 꼽는 곳이다. 그리고 퇴직 후 살고 싶은 도시 1위이기도 하다. 구시가지에 운하가 많아 알프스의 베네치아라 불리기도 한다. 또한 알프스의 만년설이 녹아내려 만든 호수는 에메랄드 빛을 띠고 있다. 호수의 아름다움 때문에 공군조종사였던 생땍쥐베리Antoine Marie Jean-Baptiste Roger de Saint-Exupéry(1900년 6월 29일 ~ 1944년 7월 31일)가 절경에 넋이 나가 항로를 이탈하여 다시 돌아보았다는 일화가 있을 정도다. 그리고 안시 호수는 유럽에서 2번째로 큰 호수다. 안시는 13세기에는 스위스 제네바에 속하기도 했었다. 그리고 1416~1860년까지는 이태리 왕가인 사보이 가문이 통치했던 나라다. 또한 16세기에는 종교개혁으로 제네바가 개신교지역이 되면서 제네바에서 추방당한 가톨릭 주교가 옮겨 오기도 한 곳이다. 1860년 나폴레옹에 의해 프랑스령이 되었다.

프랑스의 대학은 먼저 학생의 숙소가 정해져야 입학을 허가한다. 학교 측에서 연락이 오기를, 대학기숙사는 방이 다 차서 하숙집을 구해야 한다고 했다. 그러면서 하숙집에서 선호하는 학생을 연결시켜 주기 위한 질문지를 함께 보내왔다. 프랑스에서는 학생을 하숙치려고 하면 대부분 대학에 먼저 신청서를 낸다. 그리고 하숙집에서 원하는 월세와 함께 학생의 조건을 제시한다. 그러면 학교에서는 학생들이 질문지에 답한 것을 가지고 조건이 맞는 학생을 하숙집에 연결시켜 준다.

그 조건을 맞추기 위한 서류와 신상에 대한 질문지를 방을 구하고자 하는 학생에게 보내주는데, 내용은 다음과 같다.

개와 고양이에 대한 알레르기가 있는가?

술을 마시는가?

담배를 피우는가?

여자친구가 있는가?

만약에 여자친구 있으면 하숙집에 데려오면 안 된다는 단서가 붙는다.

나는 승려 신분이기 때문에 술도 못 마시고, 담배도 안 피운다고 썼다. 또한 여자친구를 사귀어서도 안 된다고 솔직하게 기술하여 보냈다. 그랬더니 1주일 후 대학 입학허가서와 함께 나를 받아주겠다는 하숙집 주소를 보내왔다.

한편으로는 내 한 몸 누울 방이 생겼다는 안도감이 생기는 반면, 다른 한편으로는 앞으로 학비와 생활비를 어떻게 마련

하숙집

하숙집 내방 앞에서 주인집 애들 바티스, 엘렌과 함께.

학생증

사부아 대학 학생증

해야 하나 하는 걱정에 나도 모르게 한숨이 나왔다. 기실, 외국 유학생활은 숨 쉬는 것 빼고는 모두 돈이 필요했다. 그래도 수도원에 있을 때는 돈 걱정을 하지 않아서 좋았다. 그 사실도 수도원을 나오고 나서야 느낄 수 있었다. 살다보면 뒤늦게 깨닫는 게 많다.

하숙집 마담에게 도착 일시를 편지로 알려주었다. 그리고 출발하기 전 또다시 전화로 도착하는 일시를 알려주었다. 안씨 기차역에 도착하니 하숙집 마담이 마중을 나와 나를 반갑게 맞이해 줬다. 수도원에 들어가기 전 브장송에서 지낸 하숙집 생활에 대한 기억이 원체 안 좋았던 터라 내심 걱정이 컸던 게 사실이다. 하숙집 마담의 소탈한 모습을 보니 앞으로의 1년간 생활은 안심해도 되겠다는 생각이 들었다.

하숙집 마담은 나를 자신의 승용차에 태운 뒤 내가 앞으로 다닐 대학교부터 친절하게 안내해 주었다.

하숙집은 반지하식 2층으로 지어진 프랑스 서민들이 사는 전형적인 주택이었다. 내 방은 1층에 있었는데 나를 환영하기 위해서 창틀에는 제라니움 화분이 올려져 있었다. 그리고 창가에 서서 보니 창 너머에는 멀리 알프스의 영봉들이 길게 이어져 있는 게 눈에 들어왔다.

짐을 정리하고 나니 저녁식사 시간이 되었다. 그때 주인집에서 저녁을 함께하자고 했다. 계약서의 계약조건에는 아침식사만 제공하는 것으로 되어 있었다. 한 달에 방세가 1,200프랑 (한화로 12만 원 정도)이었으니, 프랑스 물가를 고려했을 때 비싼 편은 아니었다. 그날 저녁식사는 나를 위한 환영만찬이라고 할 수 있었다. 식탁에 앉자 하숙집 주인 식구들이 각자 자기소개를 했다. 주인아저씨 이름은 '크리스찬Christian', 마담은 '오딜Odile', 남편 나이가 부인보다 3살 적다고 했다. 부인은 나와 동갑이라고 했다. 아들은 초등학교 5학년인데 '바티스Baptiste', 딸은 '엘렌Hélène'이었으며 초등학교 2학년이라 했다.

프랑스 가정집에서의 하숙생활은 이렇게 시작되었다. 아침식사는 매일 6시 30분경에 했는데, 아침 바게트 빵은 주로 내가 자전거를 타고 사러 다녔다. 오븐에서 갓 구워져 나온 바게트 빵의 구수한 냄새를 맡는 것이 좋았기 때문이다. 게다가 프랑스인들과 함께 인사를 나누며 순서를 기다릴 때 그들과 조금 더 가까워 질 수 있어서 좋았다. 부부는 맞벌이여서 항상 바빠 보였다. 아저씨는 대학의 전기과를 졸업한 뒤 전화와 인터폰설치 회사에 다녔고, 아주머니는 고등학교에서 세계사를 가르치는 교사였다. 그래서인지 주인마담은 동양 문화에 대한 관심이 적지 않았다. 한국 학생인 나를 선뜻 하숙생으로 받아들인 것도 그녀가 세계사 교사였기에 가능한 일인지도 모르겠다. 애들을 학교에 데려다주고 출근하기 때문에 아침식사는 빠른 시간에 마칠 수 있도록 간단하게 차려졌다. 어른들은 커피 한 잔에 바게트 빵을, 애들은 핫초코나 우유에 빵을 먹었다. 나는 학교까지 버스로 두 정거장밖에 안 되는 거리여서 매일 도보로 통학했다. 어학코스라 그런지 학생들의 국적이 다양했다. 물론 한국 학생은 나 혼자였다. 학교생활과 도시에 익숙해지면서 학교를 안 가는 주말에는 가끔 안시 호숫가 공원을 산책하기도 했다. 그 호수는 유럽에서 제일 깨끗한 호수로 널리 알려져 있다. 호숫가를 거니노라면 종종 헨리 데이비드 소로Henry David Thoreau(1817년 7월 12일 ~ 1862년 5월 6일)의《월든 Walden》이 떠올랐다. 문서포교에 지대한 역할을 한 법정 스님이 무척이나 좋아했던 책이기도 하다. 법정 스님은 이 책을 읽고서 무소유 사상을 심화할 수 있었다고 한다. 월든은 다름 아닌 보스턴 인근의 호수 이름이다.

헨리 데이비드 소로는《월든》에서 다음과 같이 주장했다. "나는 때로 '당신은 무릎이 헤져 천을 덧대거나 헤진 곳을 박

음질한 옷을 입을 수 있겠습니까?'라는 질문을 던져 지인들의 사람됨을 시험해 본다. 대부분은 만약 그런 옷을 입을 정도가 되면 자신의 앞날은 이미 끝장나 버린 것이나 마찬가지라고 믿는 듯했다. 그런 사람은 기운 바지를 입고 다니느니 차라리 부러진 다리로 절뚝거리며 걸어 다니는 게 훨씬 낫다고 여긴다. 무엇이 진실로 존중할 만한가를 따지기보다는, 무엇이 이 세상 사람의 눈에 존중할 만한 것으로 보일까에 더 신경 쓰기 때문이다."

인간의 욕망은 자연을 파괴할 뿐만 아니라 타인의 행복마저도 파괴한다. 더 좋은 옷을 입고 싶은 욕망을 충족시키기 위해서는 다른 가난한 사람들이 열악한 환경 속에서 더 많은 노동을 해야 하기 때문이다.

그래서 헨리 데이비드 소로는 "한 계급의 호화로운 생활은 다른 계급이 궁핍하게 생활해야만 균형이 맞춰지는 것 아니던가. 한쪽에 궁전이 있으면, 다른 편에는 구빈원과 침묵하는 빈자가 있을 수밖에 없다. 파라오Pharaoh('큰집'이라는 뜻)의 무덤이 될 피라미드Pyramid(건립연대 기원전 2550년)를 쌓아 올렸던 수많은 이집트 백성은 억지로 마늘을 먹도록 강요당했다. 죽어서도 무덤은커녕 조촐한 장례조차 치르지 못했을 것이 분명하다.

오늘날에도 궁전의 처마 돌림띠를 마무리하는 석공은 밤이면 원주민의 천막집보다 전혀 나을 게 없는 오두막으로 돌아간다."고 비판했던 것이다.

기실 욕망은 더 많은 욕망을 양산할 뿐이다. 그 욕망의 불길을 막을 수 있는 길은 오직 지족知足하는 삶을 사는 것이다.

헨리 데이비드 소로가 "우리는 왜 늘 더 많은 것을 얻으려고만 애쓸 뿐, 적은 것에 만족하는 법을 배우려 하지 않을까"라고 반문하는 것도 같은 이유일 것이다.

나는 호숫가를 거닐면서 수면에 비친 자연풍광을 눈여겨 보면서, '지족知足'이라는 두 글자를 가슴에 새기곤 했다. 그러고 보면, 내가 지족암에 주석하게 된 것도 삼세의 지중한 인연에 따른 것인지도 모르겠다.

하숙생활이 2주 정도 되었을 때 주인마담이 친구집 저녁식사에 초대받았는데 함께 가자고 해서 따라갔다. 저녁식사는 오후 6시에 시작해서 밤 12시에야 끝났다. 음식을 몇 가지 먹지도 않았는데 식사 시간이 6시간이나 걸렸다. 음식을 한 가지씩 만들어 먹으며 먹은 그릇을 세척하고 또 다시 음식을 만들어서 먹다보니 시간이 많이 소요되었다. 여자들이 음식을 만드는 동안 남자들은 와인을 마시며 대화를 이어갔다. 대화는 주제를 한 가지 정해 놓고 계속 토론하는 방식이었다. 프랑스인들은 토론하기를 좋아하는 국민들 같았다. 그렇게 친구들이 저녁을 초대해도 각자 음식 재료를 가지고 와서 함께 조리해서 먹으며 토론도 하고 즐기는 프랑스의 독특한 문화가 좋아 보였다. 집에 돌아오니 새벽 1시가 되었다. 처음에는 프랑스인들의 문화를 배우고자 몇 번 따라 다녔는데 나중에는 힘들고 그 다음날 학교에 가면 졸려서 사양하게 됐다.

하숙생활이 3개월 정도 지난 어느 날 저녁식사 시간이었다. 그날은 와인을 곁들인 저녁이었다. 주인아저씨가 와인을 좀 마셔 기분이 고양高揚되었는지 나에게 자신의 속내를 털어 놓았다. 처음에는 내 나이가 자기 부인과 동갑이기 때문에 내가 자신의 집에 오는 것을 반대했다고 했다. 그런데 함께 생활해 보니 우리집의 보배라는 생각이 들었다는 것이다. 주인아저씨의 그 말을 듣고 가만히 생각해보니 내가 행동을 굉장히 조심하기를 잘했다는 생각이 들었다. 가끔 마담이 나에게 둘이서 알프스로 등산을 가자고 제안을 했지만 나는 그때마다 핑계를 대며 갈 수 없다고 거절했었다. 만약에 한번이라도 그 부인과 등산을 했다면 내가 얼마나 많은 오해를 받았겠는가. 그리고 저녁 9

시 TV뉴스를 보고 싶어도 마담이 혼자 있으면 거실에 들어가지 않았다. 프랑스에서는 우리나라 사람들이 생각하는 이성의 문제와 남녀 간의 관계를 보는 관점이 많이 다른 것 같아서 매사에 항상 조심할 수밖에 없었다.

하루는 아저씨가 일찍 퇴근했는데 부인이 집에 없자 내게 "부인이 어디 갔는지 아느냐?"고 물었다. 그 질문을 듣고서 나는 기분이 묘했다. 자기 부인이 어디 갔는지 왜 내게 물어보는지 영문을 알 수 없었다. 마담은 프랑스인 같지 않게 나에게 잘해 주었다. 항상 내 옷을 세탁해 주었다. 심지어 속옷까지 빨아주어 미안하기도 했지만, 나를 한 식구처럼 대해 주었기에 차마 거절하기 어려웠다. 또한 주말에 대학식당이 문을 닫을 때는 딸을 시켜 저녁을 함께 하자고 했다. 주말이면 슈퍼에서 빵과 우유를 사들고 혼자 방으로 들어가는 내 모습이 마담이 보기에는 안쓰러웠던 모양이다. 한 번은 텔레비전에서 좋지 않은 한국의 소식을 접했는지 내게 이런 말을 했다.

"하숙비 내기가 어려우면 형편이 될 때 지불해도 돼요."

기실 그 말 한마디가 내게는 얼마나 큰 위로가 되었는지 모른다. 브장송에서 하숙생활을 할 때의 마담은 내 보증금까지

때어먹으려고 해서 얼마나 마음고생을 했던가? 반면 새 하숙집의 마담은 우리나라 시골 마을의 이웃사촌처럼 친절하고 다정했던 터라 프랑스인들에 대한 안 좋은 인식을 불식시키는 계기가 되었다.

프랑스인들이 잘 쓰는 말이 있다. '싸데 빵드 빽선Ca dépand de pessonne'. '이런 사람도 있고 저런 사람도 있다'는 뜻이다. 그러니까 어떤 고정관념이나 선입견을 가지고 사람을 평가하지 말라는 뜻이다. '이런 사람도 있고 저런 사람도 있다'는 프랑스 말에는 문화의 다양성을 인정하는 프랑스 사람들의 정신이 깃들어 있다. 문화 선진국답게 프랑스인들은 각기 다른 삶의 양태를 인정하고 있는 것이다.

그리고 이는 《법화경》<약초유품>에서 부처님이 가섭에게 약초의 비유를 들면서, '한 구름에서 내리는 비지만 그 초목의 종류와 성질에 맞춰서 싹이 트고 자라고 꽃이 피고 열매를 맺느니라. 비록 땅에 나고 한 비로 적시어 주는 것이지마는 여러 초목이 각각 차별이 있는 것이니라.'라고 설한 것과도 상당부분 유사하다.

하숙집 주인은 마지막 하숙비를 받지 않겠다고 말해줬다. 한국에 돌아온 후에도 나는 하숙집 주인 부부에 대한 고마움을 잊을 수 없었다. 그래서 비행기 표 2장을 구해서 하숙집 부부에게 보내 주었다. 한국으로 초청한 뒤 나는 2주 동안 하숙집 부부에게 여행안내를 해주었다. 나중에 풍문으로 들으니 하숙집 부부는 프랑스로 돌아가서 마치 한국 홍보대사라도 된 것처럼 다른 프랑스인들에게 시간이 날 때마다 한국을 소개하고 한국인 친구인 나에 대한 자랑을 늘어놓았다고 한다. 돌이켜 생각해봐도 하숙집 부부는 비록 국적은 다르지만, 우정을 나눌 수 있었던 마음이 따뜻한 사람들이었다. 그런 걸 보면 사람과 사람이 정을 나누는 데는 국경이 장애가 될 리 없었다.

뮌헨 카페의 대학 친구들

　대학 어학코스의 같은 반 학생들은 금요일 저녁이면 호숫가에 있는 '뮌헨München'이란 카페에 모여 맥주와 와인을 마시며 인생을 이야기하고 때론 사랑을 고백하기도 한다. 이 식당은 50프랑을 내면 8가지의 맥주샘플러Biere de gustation인 세계의 다양한 맥주를 맛 볼 수 있어서 학생들에게 인기가 좋았다. 흔히 프랑스인이라고 하면 대단히 열정적인 성격이라고 생각하는데, 외려 프랑스인들은 이처럼 절제력이 있었다. 평소에는 공부하느라 여념이 없고 금요일 저녁 시간에만 망중한忙中閑을 즐기는 동료 학생들의 모습을 보면서 나는 깊은 감명을 받았다. 나는 금요일 저녁 모임에는 승용차가 없어서 참석할 수가 없었다. 대중교통이 저녁 8시면 끊기기 때문이었다. 그래서 공부를 마치고 학교를 떠나는 학생이 팔려고 내놓은 중고자전거를 싸게 구입했다. 그 자전거를 타고서 시내와 호숫가를 돌아다녔다. 그런데 자전거에서 내려 끌고 건너야 하는 다리가 있는데 '사랑의 다리Le pont des amours'다. 그 사랑의 다리에는 사랑하는 연인과 키스를 하면 영원히 함께 한다는 로맨틱한 전설이 전해져 오고 있다.

그런가 하면 금요일 저녁 자전거를 타고 카페 '뮌헨'에 가면 "웬일이냐!"며 동료 학생들이 나를 반겼다. 그들은 주로 잘사는 스칸디나비아 3국 학생들이었다. 그들이 보기에 내가 돈이 없어 보였던 것 같았다. 매일 같은 옷을 입고 학교에 나오고, 학교 구내 카페에서 커피도 잘 안 사 마시고, 매일 대학식당만 이용했으니까 그렇게 생각할 만도 했다. 하루는 일본 여학생들이 돈 없는 한국 학생인 나를 무시한다는 내용의 얘기를 전해

들었다. 한번은 방학을 맞아 같은 반 학생이 알프스에 스키를 타러 가자고 제안을 했다. 내가 시간이 없어 못 간다고 하자 그 동료 학생은 "돈이 없어 안 가는 것 잘 알고 있다"면서 스키 타는 비용을 내주겠다고 했다. 나는 자존심이 허락하지 않아서 끝내 그 동료 학생의 제안을 거절했다.

하숙집에서 맞이한 연말연시

유럽인들은 크리스마스 때 조용히 집에서 가족과 함께 보낸다. 크리스마스는 프랑스어로 '노엘Noël'이다. 프랑스어로 '라 페트 드 뺑다네La fête de fin d'année'인 송년회의 문화는 우리나라와 많이 달랐다. 친구 집에 모일 때, 각자 파티에 필요한 음식과 음료수, 그리고 와인을 가지고 와서 먹고 마시며 새해 아침까지 즐기는 게 프랑스의 송년회 문화다. 나는 그런 프랑스의 송년회 문화가 합리적인 풍속으로 느껴졌고, 귀감으로 삼아야 한다고 생각했다. 만약에 초청한 집에서 송년회 파티 준비를 다 하게 되면 얼마나 많은 비용이 발생하겠는가? 그러면 경제적으로 큰 부담이 될 것이다.

내가 사는 하숙집이 송년회 파티 장소로 선정되었다. 내게 서양인들의 송년회 문화를 체험할 수 있는 행운이 주어진 것이다. 송년회 며칠 전 주인마담의 친구인 무용선생이 찾아왔는데, 나에게 송년회 때 함께 춤을 출 수 있도록 포크댄스를 가르쳐 주겠다고 했다. 그 성의를 무시할 수가 없어서 나도 춤이란 걸 배우게 되었다. 그리하여 송년회 날에는 쑥스러웠지만 함께 춤을 추었다. 제야의 종이 울리는 자정이 되자 송년회는 절정에 이르렀다. 파티에 참석한 사람들은 새해를 알리는 종소리와 함께 서로 포옹하며 볼에다 키스를 했다. 그리고 서로에게 종이 꽃가루를 뿌리고 풍선을 날리며 흥겨운 분위기를 고조시켰다. 멀리 한국에서 온 승려의 눈에는 그 광경이 그야말로 요지경으로 비쳤다. 파티가 끝나고 그 이튿날에는 술이 덜 깬 주인아저씨와 함께 나는 하루 종일 집안청소를 해야만 했다.

주인집 가족은 송년회를 마치고 노르만디Normandie에 있는 친정집으로 7일간 휴가를 떠났다. 떠나면서 나에게 고양이 밥을 챙겨주라고 부탁을 했다. 나는 하숙집 주인 가족이 다 떠난 텅 빈 집에서 고양이와 함께 연휴를 보내야 했다. 연휴기간이라 도시의 가게와 식당은 문이 굳게 닫혀 있었다. 학교 친구들도 연휴기간 동안 모두 그들의 고국으로 떠났다. 나는 차비가 아까워서 여행도 못가고 집에서 TV를 보았다. 그러다 연휴 전에 사놓은 중고 타자기로 그동안 학교에서 배운 불어문법을 일주일 동안 타이핑했더니 손가락에 멍이 들었다. 명절에는 멀리 떨어져 사는 가족 구성원들이 모인다. 우리나라의 경우는 가족들이 모여서 차례를 지내면서 그동안 밀린 환담을 나누지만, 프랑스의 경우는 가족들이 함께 여행을 떠나는 게 관례였다. 집에 홀로 있다보니 나도 모르게 외로움이 엄습해 왔다. 조지 거슈윈의 관현악곡인 〈파리의 아메리카인〉이 떠오르기도 했다. 문화가 다른 이국에서 홀로 지내는 명절이었기 때문에 외로움이 더 크게 느껴졌는지도 모르겠다. 일주일 동안 열심히 불어 타자연습을 한 것도 외로움을 이기기 위한 나만의 조치였다. 당시 내가 타자를 쳐서 정리한 프랑스어 문법에 관한 자료들은 지금까지 지족암에 보관되어 있다. 내게는 프랑스에서 맞이한 외로운 명절에 대한 추억이 깃든 소중한 것이기 때문이다.

나는 외국에서의 외로움을 불어공부로 달랬다. 프랑스어 공부를 하면서 눈만 뜨면 24시간 뉴스만 나오는 라디오를 틀었다. 돌이켜보면, 열정적인 젊은 날이었다. 잠잘 때와 학교에 갈

때만 빼고 뉴스를 열심히 1년간 들었더니 나중에는 프랑스어로 꿈을 꾸게 되었다. 프랑스어 발음을 잊어버릴까봐 한국어책도 읽지 않고, 한국에 국제전화도 안 하고, 한글편지도 쓰지 않았다. 물론 한국 사람이 없는 도시이니 한국말을 하고 싶어도 할 수가 없었다. 그렇게 2년을 보내고 오랜만에 파리에 가서 한국 사람을 만나서 한국말을 하니 혀가 꼬였고, 머리도 아팠다. 2년간 프랑스어만 해서 그런지 구강 구조가 바뀐 것 같은 느낌이었다. 그때 나는 한국에 사는 외국인들의 심정을 조금이나마 이해할 수 있었다.

프랑스어 시험을 준비하며

　대학 어학과정에서는 1년에 두 번 프랑스어 자격시험을 본다. 두 시험에 합격을 하고 3차 시험인 슈페리어자격시험에 합격 해야만 외국인 학생은 대학에 들어갈 자격이 주어진다. 1차 시험을 앞두고 나는 우리나라의 대학 입시생처럼 며칠간 밤을 새며 공부를 했다. 졸음이 밀려오면 커피를 마셔가면서 교재를 읽고 또 읽었다. 시험과목은 문법, 회화, 듣기평가, 리포트

등이었다. 조금은 특별한 과목이 있었는데, 제비뽑기로 뽑은 시사주제로 프랑스인과 대화를 나눈 뒤 그 대화 내용을 녹음하여 담당 교수에게 제출하는 것이었다.

내게 주어진 시사주제는 '이라크의 사담 후세인에 대한 평가'였다. 당시는 이라크가 쿠웨이트를 침공하여 걸프전이 한창이던 때였다. 나는 이 과제물을 제출하기 위해서 호숫가 공원으로 나갔다. 녹음기를 들고 벤치에 앉아 있는 프랑스 중년 여성에게 다가가 인사를 하고 인터뷰를 요청했다. 그랬더니 다짜고짜 내 녹음기를 빼앗아 땅바닥에 내던지려고 했다.

"너, 어느 방송사 기자야. 허락도 없이 녹음을 하려고 해."

나는 녹음기를 들고 있는 이유를 설명해야 했다.

"저는 기자가 아니고 학생입니다. 어학원 과제 때문에 인터뷰를 하려고 했던 것입니다. 그러니 제발 오해를 푸세요."

이렇게 통사정을 한 뒤에야 간신히 상대방의 오해를 풀 수 있었다. 하지만 프랑스 중년 여성은 인터뷰를 허락하지 않았다. 나는 다른 대담 상대를 찾아야 했다. 공원에서 휴식을 취하고 있는 한 할머니가 눈에 띄었다. 할머니에게 인터뷰를 부탁했는데 할머니는 데이트 요청으로 받아들였다.

"나는 남자친구와 데이트하기는 나이가 너무 많아요."

할머니의 말을 듣고서 나는 프랑스인들의 자유분방한 이성 교제를 다시 한 번 실감할 수 있었다. 나는 공원을 서성거리면서 누구와 인터뷰를 해야 할지 주위를 둘러보았다. 때마침 강아지를 데리고 산책 나온 중년의 여인이 먼발치에서 걸어왔다. 나는 그 여인에게 다가가 정중하게 내 신분을 밝힌 뒤 인터뷰를 요청했다. 프랑스어 시험 과제물이라는 말을 듣고서 그녀는 고개를 끄덕였다. 여인이 흔쾌히 승낙을 해줘서 사담 후세인을 주제로 한 대화를 10여 분 정도 주고받을 수 있었다.

다음 과제는 리포트(프랑스 학교에서는 '에세이essai')를 작성하는 것이었다. 나는 '가톨릭 수도원의 체험기L'expérience d'un moine bouddhiste parmi les Bénédictins de La-Pierre-qui-Vire'를 주제로 정하고 1주일 동안 쓰고 지우길 거듭한 끝에 리포트를 완성했다. 자료에 수도원에서 생활할 때 찍은 사진을 첨부하여 리포트를 제출했다. 모든 시험이 끝나고 교수님이 리포트를 돌려주었는데, 리포트 점수는 20점 만점에 15점이었다. 10점 이하는 낙제인 것을 감안하면 15점은 제법 좋은 점수라고 할 수 있었다. 며칠 뒤 1차 합격자 명단이 발표됐다. 합격자 명단 게시판에 내 이름이 명시돼 있는 것을 보고서 나는 안도의 숨을 내쉬었다. 시험에 떨어진 영국의 한 여학생은 게시판 앞에서 흐느껴 울고 있었다. 그녀는 "창피해서 집으로 돌아갈 수가 없다"는 혼 잣말을 읊조렸다. 그녀는 미인이어서 프랑스 남자 대학생들로 부터 인기가 많았다. 프랑스 남학생들은 그녀와 데이트를 해 보려는 생각에 경쟁하듯 그녀의 주변에 몰려들곤 했다. 특히 점심식사 때에는 대학식당에 앉아 있는 그녀의 주위를 남학생 들이 에워싸고 있었다. 그런데 흥미로운 것은 그녀는 남학생 들과 대화를 나눌 때 프랑스어가 아닌 영어로 말을 했다는 사 실이다. 그도 그럴 것이 그녀에게 환심을 사기 위해서 남학생 들이 영어로 대화를 걸어왔던 것이다. 따지고 보면 그녀의 프 랑스어 시험 낙제는 자업자득自業自得이라고 할 수 있다. 그녀 가 프랑스에 온 것은 프랑스어를 공부하기 위해서였건만 습관 적으로 프랑스어가 아닌 영어로 대화를 했으니, 프랑스어 실 력이 늘 수가 없었다.

햇볕을 찾아가는 피크닉

1차 시험이 끝나고 학교는 며칠 휴강에 들어갔다. 그동안 시험공부에 지친 몸과 마음을 추스를 시간이 필요했다. 1차 시험에 합격한 학생들은 친하게 지내는 학생들끼리 삼삼오오 짝을 지어 주변 도시로 여행을 가거나 경치 좋은 호수 주변과 알프스 산으로 피크닉을 갔다오기도 했다. 나도 가끔씩 학교식당에서 식사를 하거나 카페에서 커피를 마시는 사이인 독일 여학생 산드라Sandra의 제안으로 몇몇 친구들과 피크닉을 가기로 했다. 교통수단은 산드라의 승용차를 이용하기로 했고, 음식과 음료수는 각자 알아서 준비하기로 했다. 약속한 날 일행은 산드라의 일본 토요타Toyota의 캠리Camry를 타고 아름다운 호숫가를 찾아갔다. 산드라는 동양에 관심이 많았다. 자동차도 독일차가 아닌 일본차를 모는 것도 이 때문이다. 산드라가 부모님께 직접 일본 자동차를 사달라고 졸랐다는 것이다. 독일인들은 유럽의 다른 나라 사람들보다 체구가 큰 편인데 산드라는 체격이 작아서 마치 아시아 여성처럼 느껴지기도 했다. 어쩌면 산드라가 아시아에 대한 관심이 많은 것은 체구가 작은 데서 기인한 것인지도 모를 일이다.

우리는 호숫가의 햇볕이 잘 드는 쪽으로 자리를 잡고 둘러앉아 점심을 먹기 시작했다. 빵과 과일, 소시지, 잠봉, 치즈와 함께 와인을 마시거나 술을 못하는 학생들은 사이다와 주스를 마셨다. 대화는 서툰 프랑스어로 나눴다. 일상적인 수준의 대화였던 까닭에 우리는 서로의 말을 알아듣고 이해할 수 있었지만, 자연스럽게 심도 깊은 대화까지는 이어지지는 못했다.

일광욕하기에 좋은 햇볕이 내리쬐고 있었다. 산드라가 옷을 벗자고 제안하더니 먼저 겉옷을 벗었다. 산드라는 브래지어와 삼각팬티만 걸친 상태가 됐다. 다른 유럽의 여학생도 산드라를 따라서 옷을 벗었다. 하지만 나를 포함한 남학생들은 옷을 벗지 않았다. 일조량이 많은 지역에서 사는 아시인들은 굳이 일광욕을 할 필요도 없고, 일광욕 문화에 익숙하지도 않다. 반면 독일북부와 북유럽은 일조량이 부족하기 때문에 일찌감치 일광욕 문화가 자연스럽다. 독일북부와 북유럽 출신 사람들의 전언에 따르면, 햇볕을 잘 쬐지 못해 피부병에 자주 걸린다고 한다. 일조량이 많지 않은 지역 사람들에게 일광욕 문화는 생존과 직결되는 것이라고 할 수 있다. 일광욕 얘기가 나왔으니 내가 겪은 이색적인 경험담을 첨언하고자 한다.

독일을 여행하던 중 독일 중부 카쎌Kassel이란 도시에 아는 한국 유학생 부부가 있어 들른 적이 있었다. 당시 한국 유학생 부부는 나체공원에서 아이스크림 장사를 했다. 나는 부부의 초청으로 나체공원에 있는 가게에 가게 되었는데, 나체공원에서는 가족들이 다 벌거벗은 채로 배드민턴을 치고 자연스럽게 뛰어다녔다. 그러다보니 옷을 입은 우리가 외려 더 이상하게 느껴졌다.

부부의 말에 의하면 사람들이 아이스크림을 사러 가게에 올 때는 옷을 입어야 하는데 귀찮으니까 그냥 온다는 것이다. 그래서 민망하기 그지없다고 했다.

우리나라는 더위를 피한다는 의미의 '피서避暑'라는 말이 있는데, 프랑스어에는 '햇볕을 찾아간다li chercher la lumière du soleil'는 표현이 있다. 유럽의 여름휴가는 일조량이 많은 아시아 국가의 문화와는 사뭇 다르다.

북유럽 여행을 마치고 독일로 가는 야간침대 열차를 탔을 때 나는 일조량이 적은 나라 사람들이 얼마나 일광욕을 좋아하는지 다시 한번 확인하게 됐다. 당시 덴마크 코펜하겐 역에서 같은 침대칸에 덴마크 아가씨 둘이 탔다. "어디로 휴가를 가느냐"는 나의 질문에 덴마크 아가씨들은 "햇볕을 찾아 스페인으로 간다"고 했다. 그때의 계절은 초가을에 접어드는 9월 말경이었다. 햇볕이 부족한 북유럽인들은 건강을 위해 햇볕을 찾아서 휴가를 즐긴다는 것을 새삼 확인할 수 있었다.

시네마 천국

　1차 시험이 끝나고 달콤한 휴강의 시간도 지났다. 다시 학교에 나가 2차 시험 준비를 위해 열심히 강의를 들어야 했다.

　상급반으로 올라 갈수록 프랑스어가 어려울 수밖에 없었다. 특히 동사변화와 시제가 어려웠다. 한 개의 동사 변화가 50가지에 달했다. 시제도 과거, 현재, 미래형 말고도 반미래형, 반과거형이 있다 보니 프랑스인이 아닌 외국인들에게는 아주 혼란스러울 수밖에 없었다. 교수가 학생들의 그런 마음을 읽었는지 하루는 교실에서 영화 상영 후 소감을 말하라고 했다. 영화 제목은 잘 알려진 <시네마 천국Le paradis du cinéma> 이었다. 나는 프랑스에서 이 영화를 처음 보았다. 영화가 너무나 감동적이어서 눈물을 흘리지 않고는 볼 수가 없었다.

　영화 <시네마 천국Cinema Paradiso>은 1988년에 주세페 토르나토레Giuseppe Tornatore 감독이 제작한 것이다. 영화의 배경은 제2차 세계대전이 끝난 후인 이태리 시칠리아sicilla 섬의 시골 마을 '지안칼토Gian calto'다. 이 영화는 미국의 허리우드 영화처럼 스펙터클한 것은 아니지만 전쟁 직후 서민들의 애환을 잔잔하게 그리고 있었다. 영상도 아름다웠는데, 그림으로 치면 수채화처럼 맑고 투명했다. 영화가 끝난 뒤에도 감동은 줄어들지 않았다. 마치 오래된 사진첩에서 빛바랜 흑백 가족사진을 펼쳐보는 것 같은 향수가 가슴 속에 잔잔한 파문을 일으켰다. 이 영화의 분위기를 잘 살려내는 데 일조한 것이 음악이다. 엔니오 모리꼬네Ennio Morricone가 작곡한 음악이 영화의 중간 중간에 나오는데, 영화의 장면을 아주 효과적으로 잘 살렸다. 이 영화음악은 관객들에게 과거의 시공간으로 돌아가게 함으로써 자신의 추억을 회상하게 하는 마력이 있었다. 또한, 추억의 회상을 마치고 현재의 시공간으로 돌아온 뒤에도 관객들이 감정을 주체하지 못하고 눈시울을 붉히게 했다. 그래서 세계 영화음악 베스트에 선정되었을 것이다.

영화의 주요 무대는 시골 섬마을의 유일한 오락장소인 낡은 극장이다. TV가 없던 시대가 배경인 것이다. 당시에 외부 세계의 문화를 보고 배울 수 있는 곳은 애오라지 극장뿐이다. 당시 극장은 남녀노소 할 것 없이 마을 사람들이 한자리에 모일 수 있는 유일한 공공장소이기도 했다. 그러다보니 전쟁직후 가난했던 마을의 다양한 군상이 극장이라는 한 공간에 모이게 된다. 그 군상의 모습을 보면서 관객들은 때로는 웃음짓고, 때로는 눈물지을 수 있었다. 영화 속 배경은 마치 내 어릴 때 고향마

영화 <시네마 천국>

을을 보는 것 같아서 아득한 기억의 저편으로 여행을 떠나게
했다. 영화 속 전쟁 직후 가난한 마을사람들의 모습은 6.25전
쟁 직후의 한국 사회상을 떠올리게 했다. 어릴 적 보았던 가난
했지만 순수했던 사람들의 모습이 눈앞에 스쳐갔기 때문에 나
도 모르게 눈물이 났다. 언어가 다르고 생활방식이 좀 다를 뿐
사람들이 살아가는 모습은 그들과 우리네가 별반 다를 바 없
었다. "아무리 시간이 흘러도 추억은 사라지지 않는다."는 영
화 속 대사는 그 어떤 사상가의 잠언보다도 인생의 본질을 꿰
뚫고 있었다. 실제로 사람은 누구나 나이가 들수록 옛 추억을
회상하면서 마음을 정화하게 된다. 그런 까닭에 비유컨대 어
린 날과 젊은 날의 추억은 평생 동안 마르지 않는 심연의 깊은
우물물이라고 할 수 있다.

영화의 주인공인 어린 토토Toto와 영사기 기사 알프레도
Alfredo에 얽히고설킨 인생 드라마는 바로 우리들의 이야기라
할 수 있다. 개구쟁이 같고 천진난만한 토토에게는 영화가 세상
의 전부다. 그럴 수밖에 없는 것이 토토에게 유일한 놀이터는
극장의 영사실이기 때문이다. 그 영사실에서 토토와 알프레도
의 관계는 나이를 초월한 친구이며 동반자이다. 전쟁으로 말미

암아 아버지를 잃은 토토에게는 알프레도가 아버지의 빈자리를 채워주는 존재이다. 그런 까닭에 이 영화는 일종의 성장영화라고 볼 수도 있다. 토토가 사춘기 때 불꽃같은 사랑의 열병을 앓는 모습이나 미래의 청사진을 그릴 때 마주친 장애물들을 딛고 올라서는 모습이 감동적으로 다가오는 것도 이 때문이다. 특히 <시네마 천국>은 주인공들의 심리적 갈등을 통해 당대 사회상을 묘사함은 물론이고, 인생이라는 풀리지 않는 수수께끼의 해답을 제시하고 있다. 그래서 영화는 관객들로 하여금 자신의 과거와 미래를 엿보는 것과 같은 착각에 빠지게 한다.

영화의 백미 중 하나는 알프레도의 명대사여서 영화를 보는 내내 알프레도의 대사에 귀를 기울이게 한다. 알프레도의 대사가 단순히 감상적인 것만은 아니다. 때로는 알프레도는 관객을 향해 오히려 현실을 직시하게 만들기도 한다.

"영화는 현실이 아니야. 현실은 영화보다 훨씬 혹독하고 잔인하단다. 그래서 인생을 우습게보아서는 안 된다."

그런가 하면 알프레도의 대사는 질곡의 인생사를 살아온 사람만이 할 수 있는 경험이 녹아 있다. 가령, "내가 영사실을 사랑했던 것처럼 무슨 일을 하든지 네 일을 사랑하렴" 같은 대사가 대표적이다. 비록 유식하지는 않지만, 자신만의 혜안으로 인생 체험이 녹아있는 지혜의 말이라고 할 수 있다. 그래서 <시네마 천국>을 다 보고 나면 깊은 여운을 느끼며 "역시 영화에 딱 맞는 제목이구나!" 하는 감탄사를 연발하게 된다.

<시네마 천국>은 지금까지 내가 본 영화 가운데 손가락으로 꼽는 명화라고 할 수 있다.

프랑스어 2차 시험과 《어린 왕자》

학교생활은 때로는 힘들고, 때로는 재미있고, 때로는 낭만적이었다. 어느덧 2차 시험기간이 다가왔다. 1차 때와 같은 과목과 방법 그리고 선택하는 리포트 주제였지만 더 어려울 수밖에 없었다. 다양한 어휘를 습득하고, 다채로운 문법을 구사할수록 프랑스 정치와 시사, 그리고 역사에 대한 깊은 이해가 필요했다.

나는 2차 시험 리포트 주제로 생텍쥐페리Antoine Marie Jean-Baptiste Roger de Saint-Exupéry(1900. 6. 29~ 1944. 7. 31)의 《어린왕자Le petit prince》에 대한 독후감으로 정했다. 그리고 그 독후감 내용을 시내에 나가 처음 보는 프랑스인들과 토론한 것을 녹음해서 학교에 제출해야 했다.

이번에도 다행히 마음 착한 프랑스 마담을 만나서 무난히 토론을 하고 과제를 제출할 수 있었다. 2차 시험 리포트 주제를 '어린왕자'로 정한 것은 내가 좋아하는 동화였기 때문이다. 한국에 있을 때 여러 번 읽은 책이다. 그렇지만 프랑스에 와서 프랑스어를 배우고 나서 다시 프랑스어로 읽었을 때는 한국어로 느끼지 못했던 점을 느낄 수가 있어서 좋았다. 그러면서 프랑스어를 배운 보람을 느끼며 지적인 희열도 만끽했다.

내가 《어린왕자》 내용 중 개인적으로 좋아하는 대목은 어린왕자가 비행사(생텍쥐페리)에게 양을 그려달라고 하는 대목이다. 어린왕자는 비행사가 첫 번째와 두 번째 그려준 양에 대해 만족하지 못한다. 비행사는 세 번째에는 상자 속에 들어 있는 양을 그려준다. 그때서야 어린왕자는 마음에 들어하며 "중요한 것은 눈으로는 볼 수 없고 마음으로 보아야 한다"는 말을 한다. 어린왕자의 말은 마치 불교의 선사禪師들이 화두話頭를 가지고 대화를 나누는 것처럼 들린다. 대단히 심오한 진리가 깃들어 있는 것이다.

어린왕자의 생각은 아무 것도 감추지 않는 순진무구함을 지녔다는 점에서 선적禪的이다. 기실, 종교인의 마음은 어린아이의 마음과 다르지 않다. 숭고한 대상을 바라볼 때 사람은 지극하고도 극진한 마음을 지니는데, 이럴 때 종교인의 마음은 어린아이처럼 티 없이 맑은 상태가 된다. 불가佛家에서 어린아이를 천진불天眞佛이라고 일컫는 것도 일맥상통하는 말이다.

어린왕자가 "어른들은 아름다운 집을 설명할 때 빨간 벽돌집에 창틀에는 제나리움이 피어있고 지붕에는 비둘기집이 있다면 그 집이 얼마나 아름다운 집인지 잘 이해하지 못한다. 그러나 얼마짜리 집이고 평수는 얼마 만큼이라고 해야 그 집이 아름다운 집이라고 이해한다. 어른들은 왜 숫자만 좋아하느냐"고 말하는 대목에서는 우리가 성인이 된 뒤 잃어버린 순수한 세계에 대해 떠올리게 된다.

이런 대목도 대단히 인상적이었다. 여우가 어린왕자를 만나서 친해지자고 하면서 "너와 친해지면 빵은 못 먹지만 밀밭만 보아도 행복할 것 같다"고 한다. 어린왕자의 머리카락이 갈색이기 때문에 밀밭을 보면 어린왕자가 생각날 것이기 때문이다. "내가 좋아하는 사람이 나를 좋아해 주는 건 기적이야"라는 대목에서 사람의 관계가 궁극적으로 지향하는 것이 무엇인지 일깨워준다. 언젠가부터 인류는 문명의 이기만을 중시하게 됐다. 그 결과 자연을 개발의 도구로만 여기게 됐고, 심지어 다른 사람마저도 자신의 편리를 위해 이용할 수 있는 대상으로 여기게 됐다. 최근 대중교통을 이용하면 남녀노소 할 것 없이 스마트폰을 만지작거리는 것을 볼 수 있다. 신문이나 책을 보는 사람도 없고, 대화를 두런두런 나누는 사람도 없다. 어린왕자와 여우의 대화는 휴머니즘은 사라지고 테크놀로지만 남은 현 세태에 대한 질책이 아닐 수 없다.

특히,《어린왕자》의 마지막 장면은 선禪적인 상상력으로 충만해 있다. 어린왕자가 지구의 여행을 마치고 자기의 별인 B-612 소행성으로 돌아가야 하는데 그곳은 너무나 멀어 무거운 육신으로는 갈 수가 없다. 때문에 몸을 사막에다 버리고 가야 하는 까닭에 독사에게 물려 스스로 자신의 몸을 버리고 떠난다. 이 장면은 마치 뱀이 허물을 벗듯이 몸을 벗는 것으로 묘사되어 있다. 그리고 나무가 천천히 쓰러지듯이 어린왕자가 넘어지는데 모래밭이라 소리조차 없었다. 죽음을 이토록 아름답게 승화시킬 수 있다니!

어린왕자가 몸을 벗는 장면은 죽음이란 끝이 아니라 새로운 세계를 향해 여행을 떠나는 것임을 일깨워 준다. 이는 마치 불교의 조사祖師들이 죽음을 맞이하며 생사일여生死一如의 가르침을 생생하게 온몸으로 일깨워 주는 것과 같다.

"이해 할 수 없는 것을 이해 할 수 없다"고 어린왕자가 버릇없게 말하는 것은, 뭐든지 아는 척하는 어른들의 생존방식에 대한 직접적인 비판으로 다가온다.

프랑스어 2차 시험은 겨우 낙제를 면하는 수준에서 합격했다. 하숙집 마담도 고등학교 선생이어서 대학교 어학코스 선생들과 친분이 있다 보니 내 합격소식을 먼저 알고 축하해 주었다.

2차 시험 합격 때는 여름방학이 시작되는 때였다. 프랑스는 6월이 되면 모든 대학이 여름방학에 들어간다. 3학기제인데 1학기가 3개월 단위다. 겨울방학은 없고 그 대신 2주간의 겨울 스키방학이 있다.

다시 3차 시험을 이 대학에서 볼 것 같으면 방학 전에 재등록을 해야 했다. 그러나 안시에 1년을 살다보니 싫증도 나고 해서 다른 도시의 대학으로 옮기고 싶었다. 그래서 나는 프랑스 북동쪽에 위치한 알자스Alsdce 지방의 도청소재지인 스트라스 부르그strasbourg 파스퇴르 대학Univesité pasteur으로 가기로 결정했다.

어린 왕자!
지금 밖에는 가랑잎 구르는 소리가
들린다. 창호에 번지는 오후의
햇 발이 지숙히 모하다.
이런 시각에 나는 더없이 맑은
네 목소리를 듣는다. 구슬같은
눈매를 본다. 하루에도 몇 번씩
해지는 광경을 바라보고 있은
그 눈매를 그린다. 그리고 이런
베아리가 들려오다.
"나하고 천하다. 나는 외롭다".
"나는 외롭다...... 나는 외롭다......
나는 외롭다......"

<영혼의 모음> 중에서
법정 스님이 어린왕자에게 보내는 편지. <영혼의 모음> 중에서 파스퇴르 대학은 프랑스 생화학자 루이스 파스퇴르Louis pasteur(1822.12.27~1895.09.28)가 스트라스 브르그 대학교 소속이었기에 대학 이름이 파스퇴르 대학이 되었다.

내가 이 도시로 결정한 이유는 저널리즘Journalism 학문에서는 프랑스에서는 내로라하는 대학이 있기 때문이다. 나는 《월간 해인》을 창간 등록했던 초대편집장이었던 까닭에 평소 저널리즘에 관심이 많았다.

파스퇴르 대학은 안시에 있는 사브아 대학보다 입학절차가 까다로워서 입학 제출서류가 더 많았다. 등록을 마치고 입학 허가서를 받고나니 여름방학기간 3개월을 어디서 어떻게 돈 들이지 않고 보내야 할지 고민이었다.

마침 영국 런던 외곽 킹스톤Kinston에 연화사蓮花寺라는 한국 절이 있어 그곳 주지스님에게 방학기간 한 달 동안 머무를 수 있냐고 전화로 문의했다. 다행이 쾌히 승낙을 해주었다. 영국여행도 할 수 있고 생활비도 안 들어가니 나에게는 얼마나 다행스러운지 모른다. 외국의 유학생활은 1달러도 아쉽다. 그리하여 여름방학기간 한 달, 영국에 있는 연화사에서 지냈다. 신도들의 안내로 관광명소인 세익스피어William Shakespeare(1564.4.26~1616.4.23) 생가와 처칠Sir Winston Leonard Spencer-Chur chill(1874.11.30.~1965.1.24) 생가, 유수의 대학 등도 둘러보았다.

관광명소 가운데 특히 인상에 남는 곳은 옥스포드University of Oxford와 캐임브리지University of Cambridge 대학이었다. 옥스포드 대학이 있는 도시의 컬리지 중에는 건물이 보물이라서 입장료를 내야 들어 갈 수 있는 곳도 있었다. 나는 다시 대학에 가서 공부하고 싶은 충동을 느낄 정도로 아카데믹한 분위기에 매료되었다. 특히 입학식과 졸업식을 하는 캐임브리지 대학 예배당 건물은 너무나도 정교하고 아름다워서 안에 들어가 그 대학 학생이 된 기분으로 의자에 한참을 앉아 있었다. 이렇게 시간가는 줄 모르고 여행을 하다보니 어느덧 여름방학이 끝나가고 있었다.

연화사를 떠나기 며칠 전 주말저녁 영국에서 물리학을 전공하는 박사과정 남학생을 알게 되었다. 그 학생은 한국에 있을 때 병이 났는데 고칠 수 없는 병이라는 의사의 진단을 받았다고 한다. 그런데 주위에서 해인사 성철 큰스님을 한번 친견해보라고 해서 해인사 백련암白蓮庵을 찾아갔다. 큰스님을 친견하러 왔다고 하니 3,000배를 하라고 했다. 절을 2,000배 쯤 했을 때 갑자기 배가 아프고 속이 매스꺼워서 밖에 나가서 토했는데, 시커먼 물을 제법 많이 토하고 나니 정신이 맑아졌다. 다시 절을 시작하여 3,000배를 다 마치고 성철 큰스님을 친견한 뒤 서울에 올라가 병원진료를 다시 받았는데 의사가 "무슨 일이 있었냐"며 병이 다 나았다고 알려줬다고 한다. 그런 까닭에 그 남학생은 한 달에 한 번씩 연화사에 와서 3000배를 한다고 했다. 그 학생의 말을 듣고서 나도 3000배를 함께 하게 되었다. 한국의 절에서도 안 하던 절을 하게 된 것이다. 힘들었지만 10시간에 걸쳐서 절을 마쳤다. 이틀 후에 떠나려고 하니 생각지도 않던 불자님들이 학비에 보태 쓰라며 보시금이 담긴 봉투를 건네주었다. 프랑스에 돌아와서 세어보니 3개월간의 생활비가 들어있었다. 3,000배를 한 기도의 가피를 확실히 받은 셈이었다. 돌이켜보면 이 모든 인연들에 고맙지 않은 적이 없었다.

독일의 역사가 스며 있는 스트라스부르그

스트라스부르그는 프랑스에서 일곱 번째로 큰 도시다. 라인강Rhine의 지류인 '일ill'강을 사이에 두고 독일과 맞대고 있는 알자스-로렌Alsace-Lorraine 지방의 대표 도시이다. 역사적으로 프랑스령과 독일령을 오가며 18번이나 주인이 바뀌었다. 제1차 세계대전이 끝나는 1918년 11월 18일에 프랑스령이 되었다. 또한 우리에게 잘 알려진 알퐁스-도테Alphons-Daudet(1840-1897)의 단편 <마지막 수업La dernére classe>의 무대가 알자스-로렌이기도 하다. 그리고 EU 공동체 의회가 있는 도시로 유럽의 정치 중심이지이다.

스트라스부르그에서 1년간 머무를 숙소는 가톨릭 수도원에서 운영하는 기숙사로 정했다. 학교 다니기에는 시간이 좀 소요되지만 다른 기숙사나 하숙집보다는 월세가 쌌기 때문이다.

10월 학기가 시작되어 파스퇴르 대학에 나가서 대학의 이곳저곳을 살펴보았다. 그런데 대학 정원과 건물에 독일인 철학자와 시인들의 흉상과 동상이 많이 있어 놀라지 않을 수 없었다. 칸트Immanuel Kant(1724. 4. 22~1804. 2. 12)와 쉴러Johann Christoph Friedrich von Schiller(1759. 11. 10~1805. 5. 9), 특히 대학 정문 앞 정원에 놓인 독일의 대문호 괴테Johann Wolfgang von Goethe(1749. 8. 28~1832. 3. 22) 동상이 인상적이었다. 괴테가 이 도시에서《젊은 베르테르의 슬픔》을 집필했기 때문이다. 또한 도시 이름도 불어가 아닌 독일어다. 그리고 시내 곳곳의 도로

명도 독일어 표현이 많았다. 그 이유는 제1차 세계대전 전까지 독일이 지배했기 때문이었다. 그렇지만 프랑스인들은 독일이 지배한 역사를 후손들이 영원히 기억하여 불행한 역사를 반복하지 않도록 동상도 그대로 두고 도로명도 고치지 않았다. 프랑스인들의 역사인식과 우리나라 사람들의 역사인식의 차이점을 엿볼 수 있는 부분이다. 나는 개인적으로 프랑스인들의 역사관에 배울 점이 있다고 본다. 김영삼 정권 때 일제의 조선총독부 건물이었던 중앙청을 해체하는 데 반대했던 것도 같은 이유다. 많은 국비를 들여 해체하기보다는 일본식민지 자료박물관으로 활용했으면 좋았을 것이다. 우리의 후손들이 불행했던 역사를 영원히 기억하여 다시는 불행한 역사를 반복하지 않게 하는 교육이 될 것으로 여겼기 때문이다.

스트라스부르그는 도시가 커서 안시에서의 대학생활보다 볼거리가 많아서 좋았다. 대학식당이 구역별로 몇 개가 있는데, 식당마다 특별메뉴가 있어서 그날그날의 메뉴를 골라서 친구들과 함께 자전거를 타고 식당을 찾아다닐 수 있었다. 피자를 잘하는 식당이 있는가하면, 슈바이처Albert Schweitzer(1875.1.14.~1965.9.4.) 박사가 기숙사 사감으로 있었던 식당은 빵이 맛있어서 자주 가게 되었다. 대학식당 식권은 카드로 되어 있는데, 돈을 넣어두고 체크카드처럼 그때그때 결제하면 되었다. 한 끼의 식비는 당시에 우리나라 돈으로 1,200원 정도였다. 카드는 스트라스부르그에 있는 모든 대학식당에서 통용이 되었는데 학생들에게 참으로 편리한 시스템이었다. 또한 수업이 없는 날이나 주말은 다리를 하나만 건너면 독일이라서 켈Kehl에 자주 갔다. 프랑스보다 물건을 싸게 살 수 있는 장점이 있는데다 유학생활 중 다양한 문화도 체험할 수 있었다.

파스퇴르 대학 어학코스 1년 동안 프랑스 정치와 문학, 미술에 대한 공부를 많이 할 수 있었다. 정치사 강의에서 미테랑 대통령 장기집권에 대한 비평 수업은 인상적이었다. 교수는 학생들에게 필기를 못하도록 필기구를 집어넣으라고 하고선 강의를 시작했다. 그때 프랑스는 미테랑 대통령이 1988년에 재임하는데 성공해 10년째 집권하던 때였다. 그러니 아무리 선진국이라고 해도 지방정부까지 미테랑 대통령의 인맥이 장악하고 있었기 때문에 강의에 조심스러웠으리라. 한 사람이 대통령을 10년 넘게 하다보면 신격화된다는 비평에 공감이 되는 바이기도 했다.

미술사 시간에는 프랑스의 고대와 근대 역사를 그림을 통해 배우게 되었다. 프랑스 고대 그림들은 신화神話 와 종교에 연관되어 있다. 근대의 프랑스혁명도 하루아침에 일어난 사건이 아니라 오랜 시간 문학과 미술 속에 혁명이 예시되고 있었음을 알게 되었다. 특히 인상주의impressionism 화가들의 작품 세계를 배울 수 있었던 계기는 큰 기쁨이었다. 인상파는 전통 회화기법을 거부하고 색체, 색도, 질감 자체에 관심을 두는 미술사조다. 인상파 화가들은 미술의 아카데미즘에서 탈피하여 새로운 그림을 그리고 싶어 했다. 각자 개성 넘치는 작업을 추구했는데, 자연의 변화와 빛에 관심을 가지며 자기가 느낀 인상印象만을 그림으로 표현했다. 인상파는 표현에 대한 자유와 개성을 중요하게 여겼는데, 문학과 음악에도 큰 변화의 영향을 끼쳤다.

인상파를 주도한 작가들은 우리가 익히 알고 있는 클로드 모네, 르누아르, 폴세잔, 에두아르 마네, 에드가 드가, 앙리마티스 등이다. 인상파의 탄생에는 카메라의 발명이 한 몫을 했다. 화가들이 그리던 초상화를 카메라가 더 정확히 인물상을 담음으로서 사람들이 화가들에게 초상화를 맡기지 않게 되었다. 화가들은 이제 새로운 탈출구를 찾을 수밖에 없었다. 그림을 아틀리에Atelier에서만 그리던 고정관념을 깨고 야외로 나가 자연의 변화와 날씨에 의한 빛과 그림자를 표현함으로서 새로운 미술사조를 개척하였다. 동시에 유화물감과 미술도구들도 야외활동에 휴대하기 편리하도록 개발되었다. 그러니까 카메라의 발명이 미술계에 혁명을 일으키는 계기로 작용한 것이다.

샹송Chanson '고엽枯葉'과 이브 몽탕

유학생활 중 프랑스 국민가수이자 배우였던이브 몽탕Yves Montand이 영화촬영 도중 심장마비로 쓰러져 생을 마감한 사건이 있었다. 영화에서 심장마비로 죽는 장면을 연기하다 정말로 죽은 것이다. 이브 몽탕의 삶은 영화와 인생이 둘이 아님을 보여주었으니 참으로 아이러니하지 않은가. 그날은 1991년 11월 9일이었다. 프랑스는 예술인들을 우대하는 나라답게 이브 몽탕의 죽음을 애도하기 위해 라디오와 TV, 방송사에서 3일 동안 조곡이 흘러나왔다. 그의 장례식은 국장에 준하는 예우로 치러졌는데, 현직 대통령인 미테랑François Maurice Mitterrand과 전직 대통령인 발레리 지스카르 데스탱Valéry Marie René Giscard d'Estaing이 방송에 출연해 이브 몽탕과의 생전의 일화를 소개하며 고인의 명복을 빌었다.

그때 우리 수업의 여교수가 나에게 과제물로 이브 몽탕에 대한 자료를 준비해 발표하라고 했다. 그래서 이브 몽탕에 대한 신문의 특집기사와 잡지에 나온 내용들을 모아 스크랩하였다.

이브 몽탕Yves Montand의 본명은 '이보 리비Ivo Livi'며 '이브 몽탕'은 예명이다. 이브 몽탕은 이층집에 살았는데, 그의 어머니가 시장에 갔다오면서 계단에서 "내가 올라가니 문 열어라" 한데서 만들어졌다. 프랑스어에서 '사다리'를 뜻하는 명사가 '몽탕Montant'이며, 동사는 '오르다'의 '몽테Monte', 형용사는 '오르는'의 '몽단드Mondand'이다. 그러니까 계단으로 올라간다는 뜻으로 아들에게 한 말이 예명인 '몽탕'이 된 것이다. 이브 몽탕은 초등학교 2학년까지 밖에 다니지 못했음에도 '계단으로 오르다'라는 예명의 뜻대로 승승장구하여 프랑스인들이 사랑하는 대스타가 되었다. 그러고 보면 동서양을 막론하고 이름을 잘 지어야 된다는 걸 알게 된다. 그 사람의 이름이 그 사람을 규정하기도 하니까 말이다.

이브 몽탕은 1921년 10월 13일, 이탈리아의 밀라노 근교 몽스마노에서 유태인 빈농의 3남으로 태어났다. 당시는 무솔리니가 이끄는 파시스트당이 활개를 치던 때여서 유태인이었던 아버지 지오반니 리비Giovanni Livi는 미국 이민을 결심하여 이민선에 불법으로 승선했는데, 이것이 발각되어 프랑스 마르세이유Marseille 항구에서 강제로 내리게 되었다. 그때 그의 아버지는 빗자루 만드는 공장을 운영하며 가족의 생계를 꾸렸다. 이브 몽탕은 항구에서 일하거나 누나가 운영하는 미용소 일을 거들었다. 그러던 어느 날 마을에 유랑극단이 들어와 이브 몽탕이 구경을 갔는데, 감독의 눈에 들어 극단에 들어올 것을 제의 받는다. 감독이 이브 몽탕의 아버지를 찾아와 부탁하자 처음에는 거절했다. 이어진 감독의 집요한 청에 겨우 허락하면서 1년 안에 노래로 성공을 못하면 다시 집으로 돌아와 빗자루 공장 일을 하는 것으로 가수 활동을 허락했다. 이브 몽탕은 극단의 반주자 마리Marie 라는 아가씨와 첫사랑의 연인 관계를 맺는다. 그러다 공연 중 에디트 피아프Edith Piaf를 만나 그녀와 사랑에 빠지게 된다. 그때 에디트 피아프는 프랑스 가요계에 이미 스타였다. 에디트 피아프는 자신보다 6년이나 연하인 이브 몽탕을 위해 자신의 모든 것을 투자하고 헌신적으로 보살폈다. 무명인이었던 이브 몽탕의 인생은 에디트 피아프를 만나면서 프랑스 샹송계의 가장 멋진 남성으로 부각되기 시작했다. 에디트 피아프와의 생활은 그에게 있어서 아름답고 격정적인 시간이었다.

이브 몽탕은 1945년 영화계로도 데뷔하는데, 1946년도에 출연한 영화 <밤의 문Les Portes de la nuit>에서 주제가 '고엽枯葉'을 하모니카로 연주해 유명세를 타게 된다. 샹송 '고엽'은 우리나라 7080 세대들은 누구나 한번 쯤 들어본 노래로 유명하다. '고엽'은 프랑스 시인이자 시나리오 작가 자크 프레베르Jacques Prevert의 시 <죽은 잎새들Les feuilles mortes>의 번역이다. 샹송 '고엽'은 프랑스어보다 우리말 번역이 더 시적으로 잘 표현되어 한국인들의 사랑을 받았다.

Les Feuilles mortes

Oh, je voudais tant que tu te souviennes

Des jours heureux où nous étions amis

En ce temps-là la vie était plus belle

Et le soleil plus brûlant qu'aujourd'hui

Les feuilles mortes se ramassent à la pelle

Tu vois, je n'ai pas oublié

Les feuilles mortes se ramassent à la pelle

Les souvenirs et les regrets aussi

Et le vent du Nord les emporte

Dans la nuit froide de l'oubli

Tu vois, je n'ai pas oublié

La chanson que tu me chantais

C'est une chanson qui nous ressemble

Toi tu m'aimais, et je t'aimais

Nous vivions tous les deux ensemble

Toi qui m'aimais, moi qui t'aimais

Mais la vie sépare ceux qui s'aiment

Tout doucement, sans faire de bruit

Et la mer efface sur le sable

Les pas des amants désunis

le poème : Jacques Prévert. (1900 – 1977)

La chanson : Yves Montand

고엽枯葉

오, 나는 원한다.

네가 우리들의 행복幸福 했던 날들을 기억해 주기를.

그때 우리들의 친구는 어디에 있는가.

그때 당시 인생人生은 아름다웠다.

그때도 오늘처럼 태양은 붉게 타오르고 있었다.

낙엽들을 함께 끌어모으고 있었던 것을

너는 잊어버리지 않을 것이다.

낙엽들을 끌어모으고 있었던 때를 기억하니 슬프다.

북쪽에서 몰고 온 바람이 저녁을 더 춥게 한 것을 기억하고 있다.

내가 잊어버리지 못하는 것을 너는 알고 있을 것이다.

이 노래는 네가 나를 위해 부르는 노래다.

이 노래는 우리들의 사연과 같다.

너는 나를 사랑했고, 나는 너를 사랑했다.

우리의 인생人生은 너와 내가 함께 행복幸福하기 위해서다.

너는 나를 사랑했고, 나는 너를 사랑했다.

그러나 인생人生이 서로 사랑하는 사람들을 이별 시킨다.
바닷가의 파도는 여전히 소리 없이 모래 위의
헤어진 연인들의 발자국을 지운다.
또한 헤어지기 싫어하는 우리들의 사랑도 지운다.

자크 프레베르 詩. 이브 몽탕 노래

이브 몽탕은 영화배우로 활동하던 중 시몬 시뇨레Simone
Signoret를 만나게 되면서 에디트 피아프와 결별하게 된다.

시몬 시뇨레는 독일 바이마르 공화국 비스바텐에서 1921
년 3월 25일에 출생했는데, 아카데미상을 수상한 첫 번째 프랑
스 국적의 배우다. 이브 몽탕은 1951년에 그녀와 결혼을 하게
된다. 이브 몽탕은 1960년 헐리우드 영화 <사랑을 합시다>에
주연으로 출연하기 위해 시몬 시뇨레와 함께 미국에 간다. 그
런데 이브 몽탕이 마릴린 먼로Marilyn Monroe와 함께 <사랑을
합시다>를 촬영하면서 두 사람이 실제로 사랑에 빠지게 되었
다. 세기의 두 스타가 벌이는 염문설이 세상을 뜨겁게 달구었

다. 그리하여 화가 난 시몬 시뇨레는 혼자 이태리로 영화촬영을 하러 떠났다. 그때 기자들이 둘의 관계에 대하여 질문하자 시몬 시뇨레는 "마릴린 먼로가 품에 있는데, 무감각할 남자가 어디 있겠어요?"라고 인터뷰함으로써 또 한번 세상의 화젯거리가 되었다. 그러나 이브 몽탕은 영어를 못하고 마릴린 먼로는 불어를 하지 못해 눈으로만 대화를 나누었는데, 그 사랑이 6개월 만에 끝나게 되었다. 결국 이브 몽탕은 조강지처인 시몬 시뇨레를 찾아 프랑스로 다시 돌아왔다. 그 후 1985년에 시몬 시뇨레가 사망하자 이브 몽탕의 나이 64세에 자기의 여비서인 28살의 캐롤 아미엘carole Amiel과 재혼하여 발렌틴 리비Vallentin Livi라는 아들을 두고 세상을 떠났다.

이브 몽탕은 사상적으로는 스탈린주의자였다. 1950년에 프랑스 공산당에 입당하여 파블로 피카소와 함께 예술활동을 하기도 했다. 그 후 소련 모스크바를 비롯한 동유럽 순회공연을 했다. 모스크바에는 후르시초프Nikita Sergeevich Khrushchyov(1894. 4. 15~1971. 9. 11)와 유고에서는 티토Josip Broz Tito(유고연방 전대통령, 1892. 5. 7~1980. 5. 4)에게 대대적인 환영을 받기도 했다. 그러나 후에 공산주의에 회의를 느끼고 1968년 프랑스 공산당에서 탈퇴하였다.

이와 같은 이브 몽탕의 삶을 정리하여 대학 강의실에 부착하고 우리 클레스와 교수 앞에서 발표를 하게 되었다. 많은 시간 공들인 보람이 있었는지 교수와 우리 반원들의 칭찬과 격려의 박수를 많이 받았다. 이브 몽탕에 대한 자료는 그 대학을 떠나 한국에 돌아온 지 1년이 다 되었는데도 한국 유학생들이 나에게 찾아와 아직 교실 벽에 그대로 전시되어 있다고 전해 주었다.

해인사로 돌아오다

파스퇴르 대학에 온 지 1년이 다 되어가고 3차 어학시험 날짜도 얼마 남지 않은 때였다. 저널리즘 학교에 들어가 강의를 들을 어학실력이 되는지 스스로 평가해 보고 싶었다. 그래서 대학 철학과 강의를 도강해 들었다. 1시간 동안 강의를 듣는데 몇 문장은 그런대로 이해 할 수 있었지만 프랑스어 공부를 더 이어가야 할 필요성도 절감하였다. 그러나 이 무렵 학비 문제에 대해 심각한 고민을 해야 했다. 지금까지 4년은 절약하고 절약하여 잘 버텨 왔지만 앞으로의 학비와 생활비에 대해서는 뾰족한 해결책이 나오질 않았다. 그런데다 초겨울 감기몸살까지 아주 심하게 앓게 되었다. 그때가 주말인 금요일 오후라 병원에 진료를 받으려면 미리 예약을 해야 했는데 예약이 안 돼서 병원도 못 갔다. 의사 처방전이 없으니 약국에 가서 약도 구할 수 없었다. 밤이 깊어지니 고열에 시달리면서 참을 수 없을 정도로 심하게 몸이 아팠다. 얼마나 고통이 심했던지 3층 기숙사 방에서 밖으로 뛰어내리고 싶은 충동이 일어날 정도였다. 그렇게 길고 긴 겨울밤을 뜬눈으로 지새우고 아침이 되어서야 정신을 좀 차렸다. 궁하면 통한다는 것처럼 약국에 찾아가서 사정을 말하니 의사의 처방이 없어도 줄 수 있는 약이 있다고 한다. 주말이 끝나고서야 병원진료를 받고 건강을 겨우 회복 할 수 있었다.

며칠간 아파서 먹지 못해 허기진 배를 채우기 위해서 슈퍼마켓에 갔다. 장바구니에 먹고 싶은 것을 이것저것 주워 담았다. 그동안 먹고 싶어도 비싸서 못 사먹은 하겐다즈 아이스크림도 한 통 담았다. 그런데 막상 계산대 앞에서 찍히는 숫자를 감당 할 수 없어 하겐다즈 아이스크림을 비롯한 몇 가지 식료품을 다시 제자리 갖다 놓을 수밖에 없었다. 그러면서 한국으로 돌아가야겠다는 생각을 굳히게 됐다. 더 이상 프랑스 유학을 버티기에는 건강도 학비 조달도 한계점에 도달한 듯하였다. 막상 귀국하려니 그동안 고생고생 하면서 공부한 프랑스어를 버리고 가는 것만 같아 너무나 아쉬웠다. 3개월간의 방황과 갈등의 시간을 보낸 뒤, 프랑스 유학생활을 정리하고 돌아가기로 결정을 했지만 돌아갈 비행기표를 구할 돈조차 남아 있지 않았다. 고민 끝에 은사스님이신 일타 큰스님께 장문의 편지를 썼다. 한국으로 돌아가면 승려의 본분을 잊지 않고 열심히 수행하겠다는 스스로의 다짐이었다. 가만히 생각해 보면 은사스님은 못난 상좌가 의지하고 기댈 마지막 큰 언덕이셨다. 은사스님을 모시고 살고 싶었다. 은사스님께서 돌아갈 항공권 구입비 이천 불을 부쳐 주셔서 해인사로 돌아올 수 있었다. 지금은 안 계시지만 생전 은사스님의 배려와 가르침에 감사드리며, 스님의 영전에 다시 분향삼배를 올린다.

다시 찾아간 삐에르-끼-비르

수도원을 떠나온 지 20년 만에 프랑스 파리 행 비행기를 타고 수도원을 다시 찾아갔다. 삐에르-끼-비르 수도원 체험기를 정리하다 세월이 흘러서인지 그때의 기억이 가물거렸다. 수도원으로 가서 오뗄르리 담당 수사를 만났는데 나를 바로 알아

보았다. 수사는 무척 반갑게 나를 맞아주면서 내가 한국을 떠나기 전 이메일로 보낸 방문 일정표를 받아보고 기다리고 있었다고 한다. 그러면서 내가 며칠 쉬어갈 객실로 안내해 주면서 원장 면담 시간은 내일 오전 10시로 되어 있다는 말을 건넸다. 방에 들어가 여행 가방을 풀고 살펴보니 방의 단순한 구조는 20년 전과 조금도 변한 것이 없었다.

그러나 며칠 있으면서 살펴본 수도원은 너무나도 많은 변화가 있었다. 우리나라 속담인 "산천은 유구한데 인걸은 간 데 없다"란 말이 실감이 났다. 수도원 주위의 산과 들은 변함이 없었지만 수도원 부속건물들은 신축과 개축으로 너무나도 많은 변화가 있었다. 수도원의 편집과 인쇄술을 자랑하며 수도원 자급자족의 주요 수입원이었던 출판사와 인쇄소가 인터넷의 발달로 책 인쇄 주문이 없어 문을 닫고 인쇄기를 처분했다고 한다. 그리하여 인쇄기계 소리가 멈춘 수도원은 활기가 없어 침체된 분위기를 자아냈다.

무엇보다도 많이 변한 것은 신부들과 수사들의 수였다. 내가 머물 때에는 기도시간에 제단 양쪽으로 꽉 차게 앉아 있었는데, 이번에 방문한 첫날 오후에 도착하여 저녁기도 시간에 들어가 보니 휑하도록 비어 있었다.

다시 삐에르-끼-비르에서

20년만에 다시 찾아간 삐에르-끼-비르 수도원.
함께 생활했던 신부들과 수사들이 예전처럼 한식구를 대하듯 반겼다.

이틀째 되는 날 원장을 만나고서는 깜짝 놀랐다. 수도원 원장은 종신제이므로 당연히 다마즈 원장이 나올 줄 알았는데, 내가 있을 때 20대 청년으로서 종신서약Profession을 한 뤽Luc이란 신부가 원장이 되어 있었다.

다마즈 원장은 6년 전 뤽 신부에게 제 7대 원장 자리를 물려주고 아프리카 코트디부아르Côte d'Ivoire의 아비드장Abidjan에 있는 부아께 수도원Bouaké Monastére 주교로 갔다고 한다.

이곳 수도원의 원장 선출은 직선제이며 종신제이다. 그리고 수도원의 의사 결정은 전체 회의와 7인으로 구성된 대표위원회를 거쳐 최종 결정은 원장이 한다. 이러한 논의 구조에 대한 대표적인 예로 20년 전 성당증축을 위하여 독일과 벨기에의 건축설계 전문가들에게 공모한 설계를 놓고 어느 것을 선택할 것인가에 대해 논의한 일을 들 수 있다. 당시 수도원은 공동체 구성원 모두를 대형 강의실에 모이게 한 후 어떤 건물 모형이 좋은가에 대해 다양한 의견을 청취했다. 최종적으로 설계를 결정하는 데 논의 과정만 3년이 걸렸다고 한다. 공동체 구성원들의 충분한 의견 수렴을 거치고 전문가들의 자문을 들은 결과의 산물이라서 그런지 옛 고딕식 성당을 현대건축 공법으로

증축한 것이었음에도 조금도 어색하지 않고 기존의 건물과 자연스러운 조화를 이루고 있어 놀라울 따름이었다.

다음으로 예를 들 수 있는 것은 예비수사 과정을 마치고 종신서약의 자격을 결정하는 절차와 심의 과정이다. 예비수사의 수련기간은 3년인데, 수련기간이 끝날 즈음 종신서약을 할 것인가에 대하여 먼저 예비수사 본인의 결정을 묻는다. 여기서 예비수사 본인의 결정을 묻는다함은 비단 본인만의 의견이 아니라 속가俗家 부모의 허락도 포함된다. 그래서 수도원에서는 부모님의 정확한 허락을 받아오라고 2주간 휴가를 보내준다. 2주가 지나도 수도원에 돌아오지 않으면 종신서약을 포기한 것으로 간주한다. 본인의 의지가 굳게 서고, 속가 부모가 이를 허락했다고 해서 다 종신서약의 자격이 주어지는 것은 아니다. 수도원 공동체 구성원 모두가 찬성해야만 종신서약을 할 수 있다. 게다가 최종적으로는 수도원장의 동의가 있어야 한다. 설령 수도원 구성원 모두가 찬성을 했어도 원장이 이에 동의하지 않으면 종신서약을 할 수 없는 것이다. 이처럼 가톨릭 수도원은 개인의 의견을 존중하면서도 공동체의 의사를 반영하고, 아울러 수도원 대표자인 원장의 승인을 얻어야 하는 제도로 운영되었다. 이는 개인의 입장에서는 자유를 보장하고, 단체의 입장에서는 민주를 보장하며, 원장의 입장에서는 권위를 보장하는 합리적인 제도라고 할 수 있다.

우리나라 사찰의 본사 주지도 많이 젊어지고 있지만 이와 같은 현상은 종파와 상관없이 세계적인 추세인 것 같다. 나는 뤽 신부가 원장이란 사실이 잘 믿기지 않았다. 내 표정을 보고 뤽 원장이 '원장의 상징인 나무십자가를 목에 건 후부터 수염을 길렀다'고 말했다. 젊은 원장에 대해 놀라움의 반응을 보이는 사람이 나 뿐만은 아닌 모양이었다. 원장을 만나서 내가 떠난 후 20년 동안 수도원의 크고 작은 변화에 관련된 이야기를 들었다. 대화를 마치고 원장에게 희사금 봉투를 건넸다. 그랬더니 좀 의아해 하는 표정을 짓기에 원장에게 20년 전은 가난한 유학생 시절이라 수도원 생활을 1년 가까이 하면서도 한 푼의 빵값도 보태지 못했지만 지금이라도 마음의 빚을 갚게 되어 기쁘다고 했더니 그제야 감사한 마음으로 받겠다고 했다. 지난 날 수도원에서 공동생활을 하면서 나는 수도원이 경제적으로 어렵다는 것을 피부로 느꼈기 때문에 언젠가 기회가 되면 꼭 보답을 하고 싶었다. 그러니까, 내가 원장에게 건넨 희사금은 20년 전 아무런 조건 없이 나를 받아 주고 온정을 베풀어 준 수도원의 호의에 대한 나의 조그만 성의 표시라고 할 수 있다.

떠나오는 날 미사를 마치고 원장을 비롯한 20년 전 함께 생활했던 몇 명의 수사들과 함께 성당 앞에서 기념촬영을 하기 위해 모였을 때도 원장은 나에게 희사금에 대해 감사하다는 말을 몇 번이나 반복했다.

사흘 동안 체류하다보니 40대의 젊은 신부가 원장으로 선출된 것이 이해되었다. 20년 전 내가 있을 때는 연령층이 20대에서 80대까지 고르게 균형을 이루고 있었다. 그러나 현재는 30대에서 곧장 6,70대로 건너뛴 상태였다. 수도원을 경영하려면 많은 업무를 처리해야 하므로 젊고 패기 있는 40대 원장이 적임자였을 것이다.

내가 떠나온 후 수도원의 변화는 뢱이 원장이 되고 나의 매니저 역할을 했던 막씨밀리앵 수사는 건강이 악화돼 모국인 스웨덴으로 돌아갔으며, 나에게 프랑스어를 가르쳐 주었던 아델프 수사는 몇 년 전 선종에 들었다고 한다. 그리고 내가 항상 마음속으로 존경했던 숲 속 토굴에서 혼자 고행 수도하던 벽안의 마르셀F.Marcel 수도사도 선종에 들었다는 말을 듣는 순간 가슴 먹먹한 슬픔이 온몸을 휘감았다.

세탁담당 앨리F. Allié 수사도 선종에 들었다고 한다. 그는 수도원 구성원의 모든 세탁물을 담당했었다. 백여 명의 공동체 식구들의 세탁물을 어떻게 세탁하는지 궁금하여 가끔 세탁소를 방문하면 그는 큰 세탁기를 몇 대 씩 돌리고 있었다. 앨리 수사는 세탁기를 돌리면서 시간이 나면 식당에서 먹다 남은 빵부스러기를 손바닥 위에 놓고 휘파람을 불었다. 그러면 놀랍게도 새들이 세탁소 안으로 날아 들어와 손바닥 위의 빵을 쪼아 먹고 갔다. 앨리 수사의 휘파람 소리와 새들이 지저귀는 소리는 마치 대구對句를 이루는 것 같아서 앨리 수사는 우리들이 모르는 대자연의 말들을 알고 있는 게 아닐까 하는 생각이 들 정도였다. 앨리 수사는 새들과도 대화를 나눌 수 있는 성자처럼 보였던 것이다. 이러한 앨리 수사의 모습을 지켜보면서 궁극적으로 언어가 도달해야 하는 지경은 바로 언어가 되기 전의 원어原語인 대자연과의 소통이 아닐까 생각하였다.

앨리 수사에 대한 호감을 증폭시킨 데는 평소 묵묵히 자신이 맡은 바 일을 수행하던 그의 모습도 한 몫을 했다. 그는 마치 생활이 곧 수행이라는 것을 몸소 일깨워주는 것 같았다. 수염이 더부룩하게 나고 좀처럼 말이 없던 터라 언뜻 보면 앨리 수사는 묵언 수행자처럼 보이기도 했다. 당시 나는 앨리 수사가 몹시 건강한 체질이라고 생각했다. 왜냐하면 그는 어떤 힘든 일을 하든지 군소리가 없었기 때문이다. 실제로 수도원의 모든 세탁물을 처리하려면 건강하지 않고는 매일매일 그 힘든 일과를 감당할 수 없기 때문이다.

마르셀 수사와 앨리 수사의 선종 소식을 접하고 나는 새삼 인생의 무상無常함을 느꼈다. 그들은 나의 기억 속에서 토굴에서 홀로 수행하는 벽안의 수도사와 새와 대화를 나누는 수사로서 남아 있었는데, 그렇게 선종했다고 하니, 마음이 저렸다. 많은 분들이 죽었고, 젊은 수사들 몇몇은 환속하였다. 그리하여 내가 있을 때 백여 명이었던 수도원 식구들이 반으로 줄었다. 독신 수도자의 감소는 세계적인 현상이라고 한다.

이는 안타까운 일이 아닐 수 없다. 종교는 인간의 최종적인 귀의처일 수밖에 없는데, 많은 사람들이 종교를 외면한다고 하니, 이는 물신숭배의 폐해일 것이다. 물론 종교계도 책임은 있을 것이다.

다시 삐에르-끼-비르를 찾으면서 내가 궁극적으로 느낀 것은 종교의 본질은 같다는 것이다. 내가 삐에르-끼-비르에서 수행하면서 깨달은 것은 종교는 청빈했을 때 비로소 대중에게 존경을 받을 수 있다는 가르침이다. 가톨릭과 불교는 그 역사가 다르고 문화가 다르지만, 대자연과의 소통을 추구한다는 점에서, 대중을 위무하는 것을 목적으로 한다는 점에서 같다고 볼 수 있다. 불교의 자비와 가톨릭의 사랑이 다를 수 없고, 불교의 관세음보살과 가톨릭의 성모마리아가 다를 수 없다고 본다.

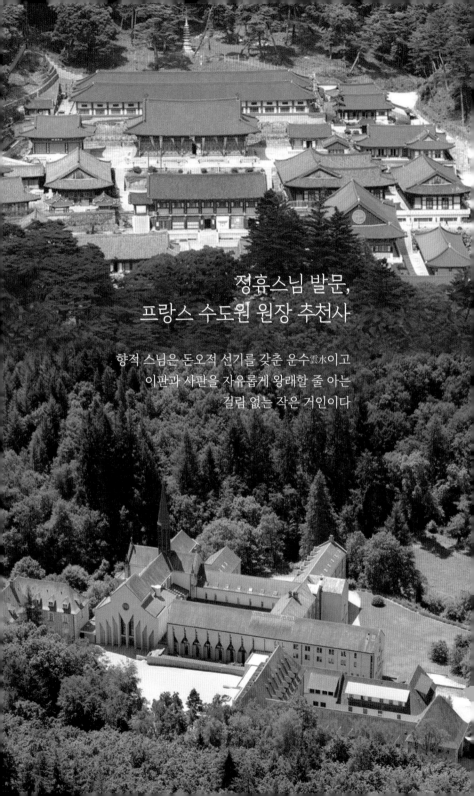

정휴스님 발문,
프랑스 수도원 원장 추천사

향적 스님은 돈오적 선기를 갖춘 운수雲水이고
이판과 사판을 자유롭게 왕래할 줄 아는
걸림 없는 작은 거인이다

정휴 스님 발문, 프랑스 수도원 원장 추천사

<조선일보> 신춘문예 시조 당선 시인이자
불교계 언론의 거목인 정휴 스님이 발문을,
현재 프랑스 삐에르-끼-비르 수도원 원장이 추천사를 썼다.

종교 본질의 성찰 담은 만행기萬行記

향적 스님의 수상집 발간에 부쳐

인간실존 깨닫는 수도원 체험

향적 스님이 체험한 수행의 공간은 매우 광활하고 다양하며 깊다. 그래서인지 그가 지닌 눈빛은 매우 인상적이다. 그는 전통적 승가 교육의 산실이라고 할 수 있는 강원, 불교대학, 선원에서 수학하고 <해인>지 편집장을 지낸 뒤 프랑스 유학의 길에 올랐다. 이런 그의 이력은 다양한 지적 체험과 문화적 접촉을 통해 정신 영역을 확대시켰음을 말해주고 있다. 특히 이러한 체험이 불교적 사유와 탐구를 통해 이루어졌다는 데 주목해야 할 것 같다.

향적 스님의 다양한 문화와 삶의 체험은 존재의 근원 속에 용해되어 하나의 깨달음으로 승화되고 있다. 그래서 그가 지닌 눈빛이 인상적이라고 한 것이다. 그의 눈은 혁혁하게 빛나고 있는 것도 아니고 날카로운 시선을 지니고 있는 것도 아니다. 하지만 다양한 체험을 통해 얻어진 내적 안목이 눈빛에서 나타나고 있다. 그의 눈빛은 언어를 담고 있는 눈빛이다. 눈으로 말을 하고 있는 눈빛이다. 무엇인가 호소하고 있는 듯하면서, 근원에 도달하고자 하는 그리움에 젖어 있는 눈빛이다. 그의 눈빛 가운데에는 맑고 투명한 영혼이 담겨 있는 것 같다. 직관으로 가득 차 있다. 그래서 그의 시선은 따뜻하고 자애롭다. 마치 정갈한 흰 빛이 삭고 삭아서 작은 등불 하나를 켜놓은 것 같이 맑고 투명하다.

눈은 마음과 영혼의 창이라고 한다. 그만큼 그는 아름다운 영혼을 지니고 있음을 눈으로 말을 하고 있는 것이다. 빛나거나 날카로운 시선은 없지만 그의 눈빛 속에는 집중으로 가득 차 있다. 이 집중이 인간의 심성心性과 사물의 본질을 읽어내는 향적 스님의 안목이라고 할 수 있다. 그리고 이 집중은 돈오적頓悟的 선기禪機를 만들어내기도 한다.

조주선사가 어린 나이에 남천 화상을 친견하고 여래如來로 파악한 일이 있다. 누워 있는 남천 화상을 졸고 있는 여래라고 말한 것은 조주선사의 선적 예지와 안목이다.

향적 스님의 삶에도 이러한 선적 예지와 기용機用이 잘 드러나고 있다. 때로는 돈오적 직관으로 만산만수萬山萬水를 법신체로 깨닫는가 하면, 때로는 고통 받는 민중을 살아있는 부처로 파악하는 경이로움을 보이기도 한다. 이것은 아름다운 영혼을 지닌 사람이 직관과 선적 기용으로 사물의 아름다움을 찾아내는 것과 같다고 볼 수 있다. 마치 봄이면 자연이 가슴 속에 간직했던 그리움들을 연둣빛 물감으로 풀어내고 제 몸에 아름다움을 빚어내어 꽃으로 피우듯, 향적 스님은 사물의 아름다움을 발견하고 생명 속에 들어 있는 진여眞如를 우리에게 보이는 선적 예지를 지녔다. 이는 오랜 운수雲水의 삶을 통해서 얻어진 결과라 할 수 있다. 운수의 삶이란 집착 없는 삶을 의미한다. 그리고 운수의 삶은 한군데 얽매이지 않는다. 집착이 없고 얽매이지 않기 때문에 타성에 빠지거나 한쪽으로 경도되지 않는다. 운수는 집착을 거부해야만 무소유를 생활화할 수 있다. 따지고 보면 모든 고통은 집착에서 시작된다.

중국의 임제 선사는 부처와 조사의 얽매임에서 벗어나야 진정한 자유를 누릴 수 있다고 하였다. 출가의 삶은 구하는 데서 시작되는 것이 아니고 욕망을 버리는 데서 시작된다. 버리고 비움이 끝내 무아를 이룩하기 때문이다. 그러나 번뇌를 버리고 싶다고 쉽게 버릴 수 있는 것은 아니다. 특히 본능적 욕망일수록 더욱 그렇다. 그리고 버린 데에는 반드시 떠남의 체험이 있어야 한다.

삶에 절망해 보지 않고는 삶을 사랑할 수 없듯이 번뇌에 상처 받고 통렬하게 고민해 본 사람만이 번뇌를 사랑할 수 있다. 그리고 인간이 만든 아름다움이나 개오開悟에는 항상 지극한 슬픔과 고통이 밑받침되어 있다. 사람들은 누구나 고통을 체험하면서도 그 고통 가운데 해탈의 통로가 있음을 깨닫지 못한다. 향적 스님의 만행적 삶은 해탈적 가치를 생활 속에 구현하는 데까지 이어지고 있다.

향적 스님이 자신이 체험한 만행적 삶을 책으로 묶어 출간하였다. 그의 첫 수상집이다. 책이란 저자가 살아온 삶의 기록인 동시에 삶의 궤적이고 그 사람의 사상과 깨달음의 산물이라고 할 수 있다.

나는 오랜만에 향적 스님의 수상집을 읽으면서 즐거운 시간을 가질 수 있었다. 왜냐하면 향적 스님의 정신적 자아를 만날 수 있었고, 지금까지 살아온 발자취를 따라가 볼 수 있는 여정이 있었고, 그가 체험한 고통과 좌절, 그리고 인내와 개오를 만나는 기쁨이 있었기 때문이다.

수상집에는 삶의 본질에 대한 성찰이 극명하게 드러나 있었고, 파란만장한 세월의 인고와 삶의 진실을 최소한으로 응결시켜 놓고 있는 향적 스님의 열린 눈빛이 담겨 있었다.

그의 수상집은 신문에 수행과 정진을 통해 얻은 성찰과 프랑스 유학을 가서 수도원에서 수행했던 내용을 담았다. 특히 프랑스 수도원 수행기는 과장이나 수사를 제거해버리고 자신이 체험했던 그대로 묘사하고 있어 매우 인상적이고 감동적이었다.

가톨릭 수도원 체험은 스님으로서 최초의 일이다. 수도원 생활은 기도와 명상이 대부분이다. 기도의 의미는 가톨릭 해석과 불교적 해석에 차이가 있다. 전자는 신을 의지해서 구원의 길을 여는 것이고 후자의 불교적 기도는 본래의 자기를 불러일으키는 작업이다. 향적 스님은 수도원에서 명과 선을 통합해 사유하는 방법을 터득하여 깊어진 정신 속에서 신을 만나고 자기 내부에서 부처를 만날 수 있었다. 그리고 인간을 떠나서는 신도 부처도 말할 수 없다는 것을 깨달았다.

수도원의 체험은 향적 스님의 안목과 지평地平을 넓히는 계기가 되었다. 바로 이때가 향적 스님의 견성체험見性體驗의 시기라고 볼 수 있다. 비록 종교적 교의가 다르고 의식과 문화에 많은 차이가 있음에도 불구하고 근원에서 서로 같은 점을 찾아내고 궁극적으로 서로 일치하고 있는 점을 깨달은 것 같다. 그리고 수도원 생활에서 수도자의 절대고독을 배운 것 같다. 절대고독이란 의지할 때가 없는 외로운 상태가 아니라 단독자의 인간 실존을 의미한다.

향적 스님은 수도원의 공동체 생활을 하면서 정신과 사상적 넓이를 확대하면서 불교적 자아를 형성했음을 엿볼 수 있다. 이때 그는 종교적 배타성을 버리고 마음속에 깊이를 헤아릴 수 없는 수용受容의 골짜기를 만든 것 같다. 그리고 불교의 자비와 가톨릭의 사랑을 바탕으로 한 생명관을 통해 풀 한 포기, 나무 한 그루, 나아가 하찮은 미물까지도 그 안에 하느님의 영혼이 살아 있고, 부처님의 생명이 있음을 깨닫고 있다.

특히 수도원 일기는 많은 사람들에게 중요한 메시지를 던져 주고 있다. 사랑과 자비가 경전이나 성서 속에서 강조될 것이 아니라 가슴 속으로 충일되어야 만신자비滿身慈悲가 된다는 것을 깨우쳐 주고 있는가 하면, 절대고독과 명상과 사유를 거치지 않은 그리움은 진실한 그리움이 아니라는 것을 가르쳐 주고 있다.

이 책은 생명과 사람을 사랑하는 법, 그리움을 이루어가는 숭고한 인간정신을 배우게 하고 있다. 그리고 근면과 정진을 통해 성취되는 정신적 가치를 제시하고 있으며, 인내와 인욕을 통한 용서와 화해의 삶의 가치를 깨닫게 하는 즐거움을 제시하고 있다.

수행하는 선사들의 개성을 살펴보면 일반인과 비슷하게 두 가지 유형으로 나누어진다. 그 두 유형은 온건한 성격을 지닌 사람과 격렬한 야성적 기질을 가진 사람이라고 할 수 있다. 특히 중국 선종 오가의 개산조 가운데 위산과 동산, 그리고 법안은 온화한 쪽에 속하고, 임제와 운문은 난폭하고 격렬한 쪽에 속한다.

야성적 기질을 가진 선사 가운데 임제선사를 꼽지만 이보다 격렬한 분이 운문선사이다. 임제선사는 할喝을 통해 만나는 사람을 무참하게 만들지만, 운문선사는 만나는 사람을 욕되게 할 뿐 아니라 아직 태어나지 않은 사람까지 기세를 꺾어 버린다.

향적 스님의 성격은 온화하고 부드럽다. 아침 햇살 같은 부드러움과 친화력은 많은 교감을 나누지 않아도 상대를 자기 영토로 끌어 들여 조복調伏 받게 한다. 그리고 그가 지닌 친화력은 포용력으로 발전되어 상대가 갖고 있는 적의까지 포기하게 만든다.

누구나 권위를 버렸을 때 우리는 이웃과 동반자가 될 수 있다. 그는 겸손할 뿐만 아니라 온화하고 친절하면서도 단정하고 근면과 남을 공경하는 예의까지 갖추고 있다. 거기다가 서구적 문화 취향과 매너까지 있어 향적 스님은 운수 가운데 풍류風流를 아는 이라는 평가를 받고 있다. 뿐만 아니라 향적 스님은 오랜 수행을 통해 체득한 직관적 안목과 정신을 지니고 있으면서도 그것을 밖으로 드러내지 않으려고 노력한다. 그와 오래 사귀다보면 향적 스님만이 지니고 있는 인간적 면모와 체취에 감동 받을 때가 있다. 이 인간적 면모란 그가 성취하고 형성하고 있는 견성적 자아이고, 인격이라고 할 수 있다.

여기서 인간적이란 의미는 솔직히 말해 몇 사람 되지 않는 인간 중 한 사람이란 뜻이다. 다시 말하면 자아라는 좁은 한계를 벗어난 사람을 의미한다. 에머슨이 말한 본래적 자아를 깨달은 사람이라고 할 수 있다. 이러한 인간적 모습은 스승에 대한 존경심에서 잘 표출되고 있다. 그의 스승인 일타스님은 우리에게 잘 알려진 종사이다. 그는 스승이 입적했을 때 어느 제자보다도 가슴 속에서 슬픔을 쏟아내었고, 오랫동안 스승을 잃은 허탈감에 빠져있는 모습을 본 일이 있다. 그리고 마치 스승의 은혜를 갚듯 스승의 비문과 비석, 그리고 초상화까지 조성하는 일에 제일선에 서는 것을 보고 그가 스승에 대해 얼마나 깊은 애정을 갖고 있는지를 깨달았다. 그래서 앞에서 밝혔듯이 향적 스님은 돈오적 선기를 갖춘 운수이고, 이판理判과 사판事判을 자유롭게 왕래할 줄 아는 걸림 없는 작은 거인이라고 말하는 것이다.

상호의 종교를 이해하는 소중한 교훈

한국 불교와 가톨릭의 새로운 전기 마련

20년 만에 향적 스님이 우리 수도원을 다시 방문 하였다. 그를 다시 보는 것은 우리들에겐 큰 기쁨이었고, 그와 함께 했던 사진을 보면서 우리는 서로의 얼굴과 이름을 잊지 않고 기억할 수 있는 것에 너무나도 놀라웠다. 그리고 우리가 알고 있던 몇몇의 수사들은 이미 하늘나라에서 우리를 지켜보고 있는 것 같았다.

1989년 다마즈 원장은 종교 간의 교류와 이해의 중요성을 강조하면서 향적 스님을 우리에게 소개했었다. 그러나 다마즈 원장은 2002년 이곳 삐에르-끼-비르의 원장 소임을 마치고 지금은 아프리카의 코트디부아르의 주교로 자리를 옮겨 향적 스님은 이번에 아쉽게도 만나지 못했다.

향적 스님은 삐에르-끼-비르 수도원의 아시아 종교에 관심을 갖고 연구하는 '아시아그룹'과 함께 활동하면서 한국불교의 전통을 우리들에게 소개했다. 그리고 동양인으로서는 쉽지 않은 서양 가톨릭 수도원의 생활이었으나 향적 스님은 겸손함으로 우리 수도사들의 세계를 이해하고 더불어 우리 수도원의 의식과 생활을 함께 했다.

우리는 서로 다른 종교를 신봉하지만, 상호의 종교를 이해하고 존중할 수 있는 소중한 교훈을 얻었다.

삐에르-끼-비르의 모든 수도사들은 이번에 향적 스님이 출간한 <프랑스 수도원의 한국 스님>이 프랑스 가톨릭과 한국불교를 상호이해 할 수 있는 새로운 전기가 될 것을 기대해 마지않는다.

향적 스님을 비롯한 한국불교의 스님들에게 하느님의 평화가 함께 하길 기원한다.

원장 뤽 F. Luc, abbé

프랑스 수도원의 한국 스님

깨달음으로 종교의 벽을 넘다

Par l'Eveil, dépasser la barrière des religions

3판 최신개정증보판 1쇄 발행 2019년 5월 23일

지은이	향적
펴낸이	조은정
펴낸곳	금시조 GSJ Global Biz
등록	2009년 6월 24일 (제2014-000167호)
주소	서울시 중구 을지로 157, 567-1호 (04545)
전화	070) 8870-9677
전자팩스	0504) 007-9677
전자우편	gsj.global.biz@gmail.com
제작	레드우드 Redwood
편집	김성환
인쇄	나인애드
가격	15,000원

ISBN 978-89-962832-6-3 03810